KB076377

사소하지만 내 감정입니다

조연주 에세이

Booksgo

감정에 대한
책임은 누가 져야 할까?

책이 좋아 만든 독서모임에서 가슴에 비수가 되어 꽂히는 말을 들었다. 한 남자분이 내게 삿대질을 하며 말했다.

"감정 없는 사람"

설마 나한테 한 말일까싶어 고개를 들어보니 맞았다.

'내가? 감정에 예민한 사람이 아니고, 감정이 없는 사람이라고? 내가? 왜?'

많은 생각이 오가는 머리가 복잡해 잠시 고개를 숙였다. 그분은 내 옆에 있는 사람과 나를 비교해가며 쉬지 않고 말을 이어갔다. 독서모임에서 이게 무슨 황당하고 무례한 행동인지. 상대하면 일이 커질 것 같아 다른 곳만 쳐다보며 그분과 눈을 마주치지 않으려 노력했다. 눈물이 왈칵 쏟아질 것 같았다.

독서모임은 책이 주제가 되어야 한다고 생각했다. 그래서 내 모든 걸 내보이지 않았다. 그게 화근이었다. 독서모임이 웃고, 울고, 화내고, 모든 감정을 드러내야 하는 자리인지 의문이 들었다. 그랬다면 감정이 풍부한 사람이 됐을까.

다른 사람들에게 피해 끼치기 싫어서 그 자리에서는 아무 말 하지 않았다. 하지만 불쾌하고 상처받은 마음을 꼭 전해야겠다는 생각이 들었고, 개인적으로 연락해서 말씀드렸다.

"저에 대해 잘 알지 못하면서 함부로 말씀하지 마세요. 불쾌합니다."
"그렇게 말씀하시면 듣는 제 감정은 어떻겠어요? 생각해보셨어요? 책임지실 건가요?"

상대에게는 상처 주고, 자신은 상처받는 것도 싫고 자신의 감정까지 상대에게 책임을 떠넘기는 태도, 한 마디로 일방적인 공격만 하는 사람이었다. 그 일로 독서모임은 와해됐다. 당시에는 모임이 와해된 것보다 내가 정말 그런 사람인지, 왜 그런 소리를 들어야 하는지 이해되지 않아 마음이 풀리지 않았다. 내 감정도 버거운데 타인의 감정까지 책임져야 하는 걸까.

세상엔 오래 묵혀둘수록 좋아지는 것도 있지만 사람 사이에 편치 않은 감정은 오래 묵혀둬서 좋을 게 하나도 없다. 이미 틈이 벌어져서 제자리로 돌려놓지는 못했고, 시간이 흘러 그분께 사과는 받았다. 그때부터 매일 쓰던 일기를 '감정일기'로 바꿔 조금 더 세세하게 쓰기 시작했다. 내 감정을 들여다보고, 느끼고, 감정이 어떻게 변하고 그 순간 내행동은 어땠는지, 진짜 '나'를 돌아보기 시작했다. 내가 '감정 없는 사람'인지 스스로 확인하고 싶었다.

사소하지만 사소하지 않은 이름, 감정은 우리가 인식하지 못해도 우리의 행동과 삶에 큰 영향을 미친다. 사소한 감정들은 덮어놓고 잊어

버리기 쉽다. 그러나 감정 부스러기가 쌓일수록 마음 상자 안에 더는 숨길 공간이 없어지고, 결국 감정이 어떤 형태로든 터져 나오게 되어 있다. 일상에 깊게 파고드는 감정과 감정의 변화를 관찰하며 '나'에 대해 돌아볼 수 있는 시간이 되길 바란다.

지극히
개인적인
사소한 감정

마주 앉아
이야기를
나누고

하루에도
몇 번씩 창밖을
바라보며

나를 지키고
너를 이해하기 위해

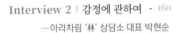

사소하지만
내 감정입니다

지극히
개인적인
사소한 감정

가장
비극적인
이야기

"옛날 옛날 한 옛날에 다섯 아이가 우주 멀리 아주 멀리 사라졌다네. 이젠
모두 용사되어 오, 돌아왔네. 후뢰시맨 후뢰시맨 지구방위대. 후뢰시맨 우
리의 평화의 수호자. 후뢰시맨 오총사"

어릴 적 나를 TV 앞으로 끌어들인 가장 강력한 유혹의 노래였다. 어
떤 중요한 일이 있어도 나에겐 후뢰시맨이 1순위였다. 비디오가 닳도
록 보다가 결국 돼지저금통을 털어 비디오테이프를 사기도 했다.

지구에서 납치된 다섯 명의 아이들은 후레쉬별에 조난당해 혹독한
별에 적응하며 살아간다. 그러던 어느 날 지구가 위험하다는 소식을

듣는다. 우주선을 훔쳐 타고 지구로 가서 적들과 싸워 결국 지구를 구해낸다. 하지만 후레쉬별에 오래 살아 체질이 달라진 다섯 명의 아이들은 지구의 모든 것에 거부반응을 일으켜 후레쉬별로 다시 돌아간다. 그중 4호 옐로우 대원은 가족을 찾았음에도 어쩔 수 없이 울면서 헤어진다. 같은 장면을 수백 번 보면서도 볼 때마다 울던 기억이 난다.

인생이라곤 고작 10년쯤 살았을 무렵, 후뢰시맨은 나의 어떤 감정을 건드렸기에 그들에게 그토록 깊게 빠졌을까? 한 편을 보고 나면 후뢰시맨의 변신 동작을 몇 번이나 연습하고 문구점에서 후뢰시맨 시계를 사고 그들이 변신하면 쓰고 다니는 헬멧은 어디서 구할 수 있는 지 묻곤 했다.

그 무렵 학교에서 장래희망, 꿈을 써서 제출하는 숙제가 있었다. 태어나 처음으로 갖게 된 나의 꿈은 '후뢰시맨 5호'였다. 장래희망 칸에 '지구방위대 후뢰시맨 5호(분홍 여자 대원)'이라고 썼다. 나름대로 치밀한 계획도 있었다. 이제 곧 후뢰시맨은 나이가 들어 늙을 테니 그 자리를 내가 물려받아 지구를 지키겠다는 야무진 생각이었다.

숙제를 검사하던 선생님은 갑자기 출석부로 내 머리를 내리치고 뒤에 가서 손들고 있으라고 했다. 무슨 영문인지 모르지만 시키는 대로 했고, 맞은 곳이 너무 아파 눈물을 흘렸다. 선생님은 내게 다가와 뭘 잘했다고 우냐면서 사정없이 머리를 때렸다.

"이게 장래희망 써오라고 했더니, 지금 나랑 장난하자는 거야?"

장난이라니. 진심을 다해 빼곡히 장래희망에 대해 썼다. 살면서 그때만큼 간절히 뭔가 되고 싶어서 노력한 적도 없었다. 용돈을 털어 장비를 사고 수십 번 수백 번 변신 동작을 거듭 연습하며 수없이 넘어지고 깨졌다. 온 마음 다해 간직했던 나의 첫 번째 꿈은 대통령, 과학자, 선생님 같은 꿈이 아니라는 이유로 비웃음 속에서 처참하게 짓밟혔다. 무슨 잘못을 했는지도 모른 채 더 맞지 않기 위해 잘못했다고 빌어야 했다. 그때 선생님의 입꼬리를 반쯤 비튼 표정과 노골적인 무시 그리고 벌레 보듯 나를 쳐다보던 눈빛까지 여전히 기억이 생생하다.

그 당시 내 인생은 온통 후뢰시맨으로 채워졌었다. 그것이 그저 영화에 불과하다는 사실을 받아들이지 못했다. 실제 존재하는 줄 알만큼 심하게 감정이입했고 후뢰시맨에서 헤어 나오기까지 꽤 오랜 시간이 걸렸다.

후뢰시맨이 되어 지구를 지키겠다던 어린 소녀는 사춘기 시절 법에 관심이 생겨 판사가 되겠다는 꿈을 꾸었고, 음악에 빠져 뮤지션이 되겠다는 꿈도 꾸었다. 하지만 누구에게도 꿈을 말하지 못했다. 꿈을 말하면 폭력을 당하게 될 거라는 불안이 늘 마음 한 구석에 자리 잡고 있었다. 그날의 폭력은 단순히 물리적인 폭력이 아닌 세상을 향해 처음으로 꿈을 품은 어린이를 향한 감정 폭력이었다.

지구를 지키기는커녕 나 자신도 제대로 건사하지 못하는 어설픈 어른이 되었다. 그리고 끝내 지구로 돌아오지 못한 후뢰시맨은 내게 가장 비극적이고 슬픈 스토리로 남았다.

웃는
얼굴에
침 뱉는다

독일의 학자 칼 조세프 쿠셀은 '당신은 웃을 때 가장 아름답다.'고 했다. '웃는 얼굴에 침 못 뱉는다.'라는 우리나라 속담도 있다. 웃는 얼굴은 상대방도 함께 웃게 만드는 기분 좋은 행복 바이러스라는 말도 있다. 정말 그럴까?

나는 웃는 얼굴에 숱하게 침을 맞았다. 어릴 때 TV를 보다가 배를 잡고 웃고 있는 내게 누군가 침을 뱉었다.

"야, 웃지 마. 너는 웃으면 광대뼈 튀어나오고 못생겼어."

웃는 얼굴에 제대로 침을 맞았다. '웃지 마, 광대뼈, 튀어나오고'까지는 그리 기분 상하지 않았다. 내가 절망한 부분은 '못생겼어'였다. 메아리처럼 그 말만 계속 귓가에 맴돌았다.

'웃으니까 못생겼어, 웃으니까 못생겼어.'

그 사람은 어린 시절 나의 자존감 도둑이었다. 이 세상에서 나를 가장 무시하는 사람, 무서워서 내가 한 마디 대꾸도 하지 못하는 사람. 그 사람의 말 한마디, 한 마디는 늘 나를 기죽이고 움츠러들게 했다.

그 한마디 말 때문에 웃으려고 할 때마다 멈칫하게 되었다. '나는 웃으면 못생겼으니까 그냥 무표정으로 있자'라고 생각하며 웃지 않으려고 노력했다. 그 노력의 결과로 학창시절 내내 차가운 아이, 늘 화가 나 있는 아이로 보였다. 한 친구는 내 표정에 대해 가끔 웃고 있을 때조차도 슬퍼 보인다고 했다. 웃고 싶어도 마음껏 웃지 못하고 감정을 숨기는 일이 어린 내게는 꽤 버거운 일이었다.

고등학교 때 여자 체육 선생님은 학생들과 친구처럼 지냈다. 시험이 끝나는 날은 게임을 하고 놀거나 산책을 하며 학생들과 즐겁게 시간을 보냈다. 우리는 어릴 때 했던 '무궁화 꽃이 피었습니다'를 하자고 했고,

선생님도 흔쾌히 함께했다. 반장이 첫 번째 술래를 하기로 했다. 반 아이들이 우르르 달려나가 술래의 '무궁화 꽃이 피었습니다' 소리에 맞춰 모든 행동을 멈췄다.

그때였다. 갑자기 선생님은 큰 소리로 '타임!'을 외치며 웃기 시작했다. 그리고는 내 쪽으로 슬금슬금 와서 나를 툭 건드렸다.

"야, 몸만 안 움직이면 돼. 로봇처럼 표정까지 그럴 필요 없잖아. 표정 너무 웃겨."라며, 깔깔대고 웃었다.

웃으니까 못생겼다는 말을 듣고 콤플렉스가 되어 웃지 않는 오랜 습관으로 표정이 항상 굳어있었다. 몸을 움직이면 안 되는 놀이를 하면서 몸과 표정이 모두 경직된 모습이 꼭 로봇 같았나 보다.

사소한 말 한마디를 털어내지 못하고 오랜 시간 소심하게 살았다. 내가 다시 마음 놓고 웃을 수 있게 된 건, 끊임없이

"넌 웃을 때가 제일 예뻐."라고 말해준 많은 사람들이 건넨 위로의 말 덕분이었다.

도둑맞았던 나의 자존감을 오랜 시간이 걸려 어렵게 되찾아왔다.

자존감을 찾고 가장 먼저 할 수 있게 된 것은 감정표현이었다. 웃기면 웃고, 슬프면 눈물 흘리고, 화나면 화도 내고, 할 말은 하고, 그렇게 나를 표현하기 시작했다. 이제는 웃는 얼굴에 침을 맞는다고 해도 스스로를 더욱 단단히 지킬 자존감이 나를 채우고 있다.

씩씩함과
쓸쓸함

혼자 사는 1인 가구가 점점 늘어나고 있다. 네 가구 중 한 가구는 1인 가구라고 하니 이제 혼자 사는 사람들이 낯설지도, 신기하지도 않다. 1인 가구가 늘면서 혼자 먹을 수 있는 만큼의 요리와 혼자 쓰기 편리한 여러 가지 제품들도 계속 출시되고 있다.

약 20년 뒤에는 1인 가구가 가장 많아질 것으로 예상한다는 말도 있다. 혼자 사는 사람들이 많아질 미래는 어떤 모습일까. 더 자유롭고 편하게 사는 모습이 상상되지만 그 이면에 왠지 모를 쓸쓸함도 느껴진다. 아직 혼자 살아본 경험은 없지만 앞으로 결혼을 하지 않는다면 언젠가 나에게도 다가올 현실이라고 생각하고 있다. 조금씩 마음의 준비를 하며 살아간다.

혼자 사는 연예인들의 모습을 지켜보는 관찰 예능은 그것 또한 그들이 스케줄로 진행해야 하는 일이고, 보여주기 위한 방송일 뿐이다. 혼자 살면서 모두가 그렇게 좋은 집에서 즐겁게 살 수만은 없다.

불과 5~6년 전까지도 혼자 밖에서 밥 먹는 사람이 신기했다. 혼자서 민망하지 않을까, 괜히 측은해 보였다. 같이 밥 먹을 친구가 한 명도 없는 건지 남들이 자신을 왕따로 보면 어쩌려고 혼자 저러고 다니는지 별 쓸데없는 걱정을 했었다.

혼자 밥 먹는 사람을 힐끔힐끔 보며 신기해하던 나도 이제는 혼자 밥 먹고, 카페에 가고, 심지어 여행도 혼자 떠난다. 애인의 유무와는 상관없이 오롯이 혼자 할 수 있는 일이 되었다. 혼자 걷다가 시끌벅적한 소리에 눈 돌리면 여럿이 모여 웃고 떠드는 사람들도 만난다. 그들이 부럽거나, 혼자 있는 나를 이상하게 볼까 봐 걱정하지 않는다.

혼자 쌀국수를 먹던 어느 날 친구에게 전화가 왔다. 친구는 내가 혼자 밖에서 뭔가를 사 먹고 어딘가를 다닌다는 말에 많이 놀란 눈치였다.

"너 엄청 씩씩해졌다. 예전이라면 별 걸 다 겁내고 못했잖아."

예전에 내가 혼자 어딜 다니는 걸 못했던 건 맞는 말인데, 씩씩해진 건지는 잘 모르겠다. 언제부턴가 친구들과도 시간이 잘 맞지 않아서 보는 횟수가 현저히 줄었고, 그 사이 나이도 들고 작지만 큰 변화가 많이 생겼다. 여전히 겁도 많고 작은 일에 끝없이 걱정하는 소심한 인간이다. 달라진 게 있다면 그냥 받아들인다는 것이다. 밖에서 혼자 밥 먹어야 하는 상황을, 혼자 산책해야 하는 상황을 받아들이고 나니 '그럴 수도 있지'가 되었다.

어느새 고독은 떼려야 뗄 수 없는 키워드가 되었다. 분위기 있어 보이는 그것을 갖고 싶어도 가질 수 없던 시절이 있었는데 이제는 자연스레 내 몸처럼 함께 한다.

지금의 나는 씩씩해진 게 아니라 쓸쓸함에 적응한 모습이다. 사람이 무언가에 적응하기 위해서는 숱한 감정을 겪으며 사소한 노력이 쌓여야 한다. 너무 적응을 잘 한 탓인지 친구에게는 이런 내 모습이 씩씩함으로 느껴졌나 보다. 그래서 나는 본격적으로, 좀 더 적극적으로 쓸쓸해지기로 했다.

요즘 애들
참 괜찮다

오랜만에 제주에 왔다. 오랜만이라는 건 두 달 만이다. 내 집 앞마당 드나들 듯 매주 제주에 오던 때가 있었다. 그때만큼 자주 다니진 않아도 계절이 바뀔 때, 바다가 보고 싶을 때, 마음이 추울 때 여전히 제주를 찾는다.

그리고 정신이 나약해질 때면 한라산에 간다. 지금이 그때다. 한라산 등반을 위해 제주에 왔다. 평소 등산을 즐기지도 않는데 가끔 한 번씩 무모하게 오직 정신력으로 한라산을 등반한다.

입구에 도착하자 날을 잘못 잡은 것 같은 불길한 느낌이 들었다. 연이어 들어오는 관광버스에는 '서울○○고등학교'라고 쓴 종이가 붙어 있었다. 서울의 한 고등학교에서 수학여행을 왔다. 하필 오늘, 이 시간에 한라산에서 10대 아이들을 단체로 만나다니.

복잡한 마음에 조용히 등반하고 싶었는데 떠드는 아이들 틈에서 한라산을 오를 생각하니 두 배는 힘든 하루가 될 것만 같았다. 최대한 거리를 두고 따로 가기로 했다. 출발한 지 얼마나 지났을까. 굳이 내가 마음먹지 않아도 10대 아이들과 내 체력은 너무 달라서 따로 갈 수밖에 없다는 것을 깨달았다. 다행인지 불행인지 내 눈에서 고등학생들은 순식간에 사라졌다.

한참을 평화롭게 오르다 무심결에 뒤를 돌아봤다. 구름 위에 올라 있는 느낌이었다. 바람에 움직이는 구름이 나무에 걸터앉은 듯한 그림 같은 풍경을 이렇게 가까이에서 볼 수 있는 것은 그 어떤 것보다 가슴 벅찬 일이었다.

잔잔한 감동도 잠시, 어디선가 노랫소리가 들렸다. 앞서갔던 고등학생들이 먼저 도착해서 블루투스 마이크로 노래를 부르고 있었다. 한 남학생이 장기자랑처럼 혼자 지드래곤의 노래를 부르기 시작했고 후렴구가 되자 다 같이 떼창을 했다. 한라산에 수십 명의 지드래곤이 모였다. 패기로 뭉친 푸르른 청춘의 숨소리가 울려 퍼졌다. 여러모로 보기 힘든 광경을 봤던 하루였다.

고등학생들이 한라산 정상에서 간식을 먹는 틈을 타 먼저 하산하기 시작했다. 후들거리는 다리로 부지런히 가야 했기에 휴식을 취할 시간이 없었다. 조용히 하산하던 중 금세 나를 따라잡은 고등학생들이 나타나기 시작했다. 날다람쥐 같은 녀석들이 얼마나 많던지 여전히 팔팔한 그들을 보니 나만 지친 것 같아 더 힘이 빠졌다. 두 팔을 늘어뜨리고 거의 모든 걸 포기한 듯한 자세로 내려가는 나를 본 한 남학생이 내게 다가왔다.

"잡아드릴까요?"
"아냐, 됐어. 괜찮아."

조용히 거절했는데 속으로는 울화가 치밀어 올랐다. '뭐야. 내가 노인도 아니고 뭘 잡아준다는 거야.' 이럴 때 보면 나도 나이 들어가는 것에 예민하다.

남학생은 나를 앞질러 갔다. 나는 무슨 정신으로 걷는지도 모르고 앞사람 발만 보고 따라갔다. 얼마나 지나지 않아 남학생이 다시 나타나 내게 물병을 건넸다.

"이거 마시면서 오세요."

어릴 때 어른들이 말끝마다 '요즘 애들은'이라고 하는 말이 듣기 싫었던 때가 있었다. 어느새 세월이 흘러 나도 '요즘 애들은'이라는 말을 쉽게 갖다 붙이며 부정적인 말을 많이 했다. 그런 요즘 애들이 힘들어 보이는 내게 먼저 다가와 잡아주겠다고 하고, 물을 챙겨 건넨 것이다. 덥석 받기가 부끄러워 조금 망설였다.

"고마워. 잘 마실게."

물병을 받아드는데 발등에 단풍잎이 떨어졌다. 한 손에는 물병, 한 손에는 단풍잎을 들고 부지런히 내려왔다. 두 손 가득 행복이 넘쳐 이렇게 감동적인 순간이 또 있을까 생각했다.

고등학생들의 관광버스는 이미 출발하고 없었다. 잘 말린 단풍잎을 볼 때마다 물병을 건넨 남학생이 떠오른다. 요즘 애들, 참 괜찮다.

마음을
전하는
방법

    외출을 하기 위해서는 집 밑 굴다리에 있는 떡집을 지나가야 한다. 떡을 좋아하는 내게는 그냥 보기만 하고 지나가는 게 쉬운 일이 아니다. 항상 유리창 안에 가지런히 진열된 떡을 목이 돌아갈 때까지 쳐다보며 지나가곤 한다. 아무리 좋아하는 음식이라도 너무 자주 먹는 건 안 좋을 것 같아 많이 참는 편인데 오늘은 그러지 못했다. 연기가 모락모락 나는 따뜻한 백설기를 포장하는 모습을 보고 참을 수 없어 떡집에 들어갔다.

한 손에 쥐어질 만한 크기로 하나씩 포장하고 있는 백설기를 하나 구매했다. 따뜻할 때 맛있게 먹으라는 친절한 떡집 아주머니를 보자 문득 떠오르는 한 사람이 있었다.

예전에 한 직장을 8년 다녔다. 출근길에 회사 근처의 떡집에서 천 원 짜리 백설기 한 팩을 구매하는 일은 중요한 일정이었다. 새벽 4시 반에 일어나서 운동 후, 6시에 아침밥을 먹고 회사에 가서 일을 하다보면 오 전 10시만 되도 배가 고파 간식을 찾곤 했다. 깔끔하게 먹을 수 있으면 서도 든든하고 저렴하고 맛있는 백설기는 최고의 간식이었다.

내가 떡집 문을 열기만 해도 아주머니가 알아서 방금 나온 백설기를 포장해주실 정도였다. 그런데 어느 월요일 아침, 평소처럼 떡집에 들 렀는데 떡이 하나도 없었다. 명절 연휴가 끝나고 평소보다 조금 늦게 오픈했고 그때 떡을 만들기 시작했다. 어쩔 수 없이 근처 편의점에서 작은 빵을 하나 사서 회사로 갔다.

그날 저녁 퇴근길에 누군가 나를 뒤에서 쫓아오는 소리가 들려 돌아 보니 떡집 아주머니였다. 갑자기 백설기 한 팩을 주시면서 아침에 오 픈을 늦게 해서 미안하다고 하셨다. 나에게 미안해할 일도 아닌데 마 음에 걸리셨나 보다. 괜찮다고 거절도 해보고, 떡값을 드리는데도 끝 까지 받지 않으셨다.

"내가 늦게 오픈해서 아가씨가 떡을 먹고 싶을 때 못 먹었잖아. 오늘 간식 뭐 먹었어? 계속 마음에 걸리더라고. 맛있게 먹어요."

새삼 떡 하나에 아직 따뜻한 세상이라고 느꼈다. 떡이 아니면 간식을 못 먹는 것도 아니었다. 내가 좋아해서 자주 먹었을 뿐인데 간식을 먹지 못했을까 종일 신경이 쓰였다는 말씀에 부모의 마음이 이렇지 않을까 싶었다. 그동안 단순히 단골손님으로만 생각한 게 아니라 내가 떡을 찾는 시간에 살 수 있도록 맛있게 만들어 주신 마음이 감사했다.

이렇게 사소한 것이라도 작은 관심만 있으면 얼마든지 마음을 전할 수 있다는 것을 인심 좋은 떡집 아주머니께 배웠다. 아직 그 자리에서 떡집을 하고 계실지, 생각난 김에 조만간 백설기 떡을 사러 슬쩍 들러 봐야겠다.

사소한
양보

작년 여름은 연일 기록을 경신하며 고온현상이 꽤 오랜 시간 이어졌다. 기온이 사람의 체온보다 높은 날이 많아지면서 먹고 자는 일도 너무 힘들었고, 폭염으로 인해 온열 질환 환자도 어느 때 보다 많았다. 바깥 온도와 크게 다르지 않은 집에서는 밥도 먹히질 않아 시원한 카페와 도서관으로 피신 다니기 바빴다.

어느 주말 점심, 푹푹 찌는 듯한 더위에 집에 있자니 숨 쉬는 것도 힘들었다. 아빠와 함께 냉면을 먹으러 가기로 했다. 냉면도 좋지만 시원한 식당에 앉아있는 것 자체가 천국이었다.

주문한 물냉면이 나오자 아빠와 나는 각자의 취향대로 겨자와 식초를 듬뿍 뿌려 시원한 육수부터 한 모금 마셨다. 그때 아빠가 냉면 속에 있는 삶은 달걀을 나에게 주셨다.

"더워서 힘들 텐데 많이 먹어."

냉면은 면과 육수가 맛의 80퍼센트 이상을 좌우한다. 하지만 완성은 고명이다. 고명은 면과 육수에 새로운 맛을 더하고 다양한 질감을 책임진다.

냉면에 삶은 달걀 반쪽을 넣는 이유가 모양을 위해서라는 설도 있고, 영양을 위해서라는 설도 있다. 예로부터 우리의 음식은 단백질과 탄수화물의 조화, 그리고 적절한 지방의 첨가까지 완전식품이 많았다고 한다. 냉면은 면의 탄수화물과 고기 고명의 단백질과 지방이 있다. 그리고도 부족한 단백질은 삶은 달걀로 채웠다는 이야기다. 생각해보면 이치에 맞는 이야기 같다.

또 음양의 조화와 위를 보호하기 위해서 삶은 달걀을 넣는다는 설이 있다. 아빠는 늘 냉면 먹기 전에 삶은 달걀부터 먹으라고 하셨다. 삶은 달걀이 위벽을 감싸 안아서 차갑고 자극적인 냉면 육수로부터 보호한다는 말씀이었다. 찬 성질과 더운 성질, 음양의 조화에 가까운 이야기다. 메밀과 육수는 찬 성질이다. 달걀과 겨자는 따뜻한 성질로 함께 하면 조화가 잘 이루어져 탈이 덜 난다는 논리다. 그래서 아빠는 겨자를 넉넉히 넣어 먹으라는 당부도 덧붙이셨다. 겨자는 양의 성질을 가진 작물이다.

사소해 보이는 작은 행동 하나에도 큰마음이 담겨있다. 생각해보니 누구에게도 냉면 속에 있는 삶은 달걀을 양보한 적이 없다. 그리고 나에게 양보해준 사람도 없었다. 그렇게나 많은 좋은 점을 포기하고 선뜻 내어 줄 만큼 마음이 크지 못하다. 양보하고 친절을 베푸는 것도 용기가 필요한데 나는 아직 용기가 부족하다.

냉면과 삶은 달걀은 함께 먹으면 좋은 점이 많다. 영양의 한 부분을 포기하고 음양의 조화를 이루지 못해도 누군가를 위해서 삶은 달걀 반쪽을 흔쾌히 양보하는 것은 보통 마음으로는 힘든 일이다. 양보는 또다른 양보를 낳아 더 큰 덕으로 쌓인다고 한다. 이제 내가 양보할 차례다. 누군가 함께 냉면을 먹게 된다면 슬며시 달걀을 건네야겠다.

점심의
사회학

조직 생활에서 벗어나 가장 좋은 것 중 하나는 편하게 먹는 점심 식사다. 먹고 싶지 않은 메뉴를, 듣고 싶지 않은 일 이야기를 들으면서 먹어야 하는 고통으로 늘 위장 장애에 시달렸다. 자주 가슴이 답답하고 체한 것 같은 증상을 느꼈다.

1년 365일 중에 360일은 술을 마시는 상사 때문에 술 한 잔 마시지 않는 내가 어쩔 수 없이 먹은 해장국만 수천 그릇이었다. 가장 이해되지 않았던 말은 해장국을 먹으며 "아, 시원하다. 속이 풀린다."라는 말이었다. 도대체 뭐가 시원한 건지, 속이 어떻게 풀리는지 알 수 없는 나에게 해장국은 그저 뜨거운 국과 밥이었다. 해장하려면 혼자 할 일이지, 왜 모든 직원이 함께 해장을 해줘야 하는지 이해할 수 없었다.

나는 아침밥을 꼭 챙겨 먹기 때문에 굳이 점심까지 밥을 먹을 필요는 없다. 색다른 메뉴도 먹고 싶고 카페에서 브런치도 먹고 싶었다. 하다못해 분식을 먹더라도 내가 먹고 싶은 것을 편하게 먹고 싶었다. 직장인에게 유일하게 숨통이 트이는 시간은 점심시간이다. 그 숨통마저 막는 조직 생활이라면 배출되는 것 없이 독소만 쌓이는 생활이 계속된다.

퇴사 후 얼마 되지 않아 평일 조금 늦은 점심시간에 추어탕을 먹게 됐다. 점심을 이렇게 조용하게 먹을 수 있다는 것에 한 번 놀랐고, 음식이 너무 빨리 나와서 두 번 놀랐다. 조직 생활을 할 때는 정해진 점심시간에 우르르 식당으로 몰려가 정신없이 시끄럽고 한참 기다려도 음식이 나오지 않아 신경이 예민해지곤 했다.

점심을 내가 먹고 싶은 시간에 먹고 싶은 곳에서 편하게 먹을 수 있게 되자 거짓말처럼 위장 장애는 사라졌다. 더 놀라운 것은 추어탕을 먹고도 배탈이 나지 않았다. 언젠가부터 추어탕을 먹으면 배탈이 나고 종일 힘들어서 기피하는 음식이었다. 그때는 식당의 조미료 때문이라고 생각했는데 지금 와서 돌이켜보니 조미료 때문이 아니었다.

우리 사회는 사람과의 관계와 소통을 중요하게 생각한다. 음식에 조미료를 넣으면 맛이 더해지듯 말속에도 칭찬의 조미료를 넣어 인간관계를 더욱 부드럽게 해야 했다. 식당의 조미료는 적당했는데 칭찬의 조미료가 부족했던 탓이다. 점심을 먹으며 항상 압박 섞인 말을 듣는다면 어떤 음식을 먹어도 속이 편할 수가 없다. 유난히 추어탕을 먹을 때마다 분위기가 불편했거나 좋지 않은 기억이 남아서인지 추어탕은 나와 맞지 않는다고 생각했다. 이제는 추어탕과 밥 한 그릇을 깨끗이 비우고도 속이 편하다. 예전에 추어탕만 먹으면 속이 부글부글 끓었던 것은 추어탕의 문제가 아니라 내 앞에 앉아 쉴 새 없이 일 얘기를 퍼붓는 상사 때문이었다.

고통스러운 점심시간에서 벗어난 후로 종종 친구들에게 점심 맛있게 먹으라는 메시지를 보내곤 하는데, 아직 조직에 있는 친구들은 발끈한다. 어떻게 상사와 먹는 점심을 맛있게 먹을 수 있냐는 대답이 돌아온다.

문득 밖에 나와 자유롭게 살다 보니 벌써 많은 것을 잊고 사는 것 같다. 그 불편함을 누구보다 잘 알면서, 이제 나는 벗어났다고 누군가의 불편함을 잊고 살아간다. 지난 시간을 돌이켜보며 직장인들의 마음을 다시 생각한다. 다들 맛있는 점심 먹으며 일하고 있는지 마음이 쓰인다.

직장인들에게 점심시간이 잠시라도 '쉼'의 시간이 되고, 자신의 성장에 필요한 시간으로 사용할 수 있기를 간절히 바란다.

정 깊고
의리 있는
사람

피로가 쌓인 한 주를 정리하려고 작정하고 쉬기로 한 날이었다. 평소 잘 보지 않는 TV도 틀어놓고 편히 누워서 한가로운 주말을 보냈다.

오래전 종영한 드라마가 연속으로 재방송되고 있었다. 결혼을 준비하던 남녀가 남자의 일방적인 통보로 파혼을 했다. 여자는 창피한 마음에 부모님께 차마 자신이 남자에게 차였다는 말을 할 수 없었다. 자기가 마음이 변해서 결혼할 수 없다고 거짓말을 하고 여자는 엄마에게 두드려 맞았다.

한참 시간이 흘러 모든 진실을 알게 된 여자의 엄마는 목 놓아 운다.
자식이 그런 상처를 안고 아픈 줄도 모르고 딸에게 모질게 대한 자신
을 질책한다. 그러고는 아침 밥상에서 말한다.

"당한 건 억울하고 속에서 천불이 나지만 그래도 다행이야. 남녀 사이에 가
장 나쁜 사람이 정 짧고 의리 없는 사람인데, 내 딸이 그런 사람은 아니라니
그걸로 됐어. 나는 내 딸이 그런 사람인 줄 알고 누구한테 좋은 짝이 될 만
한 사람은 못 되나 보다 생각했어."

— 드라마 <또 오해영> 중에서

엄마의 진심에 꾸역꾸역 밥을 먹던 여자는 눈물을 참지 못한다. 사
랑은 변하는 거라고 말하는 사람들도 있지만, 주인공의 엄마 말씀처럼
사랑에는 정과 의리가 함께 있다. 사람 마음이 마음대로 되는 건 아니
기에 변할 수는 있어도 함께 나눈 마음에 대해 어느 정도 책임을 느껴
야 한다.

'정 짧고 의리 없는 사람'이라는 말이 뭉클하게 내 귓가에서 떠나지
않는다. 이제 누군가 내게 이상형이 어떻게 되냐고 묻는다면, '정 깊고
의리 있는 사람'이라고 말하고 싶다. 정이 많은 거와 달리 오래갈 수
있는 우직한 사람, 그래서 자연스레 의리 있는 사람이라고 생각할 수

있는 사람이 좋다.

혹시 나도 누군가에게 정 짧고 차가운 사람이 아니었나 돌아본다. 누구에게나 따뜻하게 마음을 여는 그릇은 되지 못하고, 낯도 꽤 가리는 편이라 누군가에게는 정 짧고 의리 없는 사람으로 남았을지도 모른다. 눈에 보이지 않아도 감정을 주고받는 것은 본능과 같은 직감이 있어서 상대도 알고 느낀다.

점점 세월이 흐를수록 아무 계산 없이 그냥 좋은 사람을 만나기 힘들다. 어른이 되려면 먼 것처럼 느껴지다가도 이미 어른이 되어 마음속이 미세먼지로 가득차 뿌옇게 변해 순수함을 잃은 것 같기도 하다. 좋은 인연 얻기가 쉽지 않지만, 내가 먼저 깊은 정과 변치 않을 의리를 가지고 다가가면 결국 상대도 진심을 알아줄 거라고 믿는다.

내가 좋은 사람이 되려고 노력하면 좋은 사람이 온다는 말처럼, 내가 먼저 누군가에게 좋은 인연이 되어줄 만한 사람이 되어야겠다.

지구의 개인적인 사소한 감정

아무 생각
안 해

   내가 가장 좋아하는 놀이는 멍하니 무엇인가 바라보는 일이다. 하늘, 바다, 창밖을 바라보고 있으면 이런저런 생각이 들다가 끝내 아무 생각도 들지 않는다. 아무 생각 없이 차분해지는 느낌이 좋다. 남들은 이런 내게 청승맞게 왜 그러고 있냐고 말한다.

   '툭하면 멍하니 먼 하늘만 바라보곤 해. 그러다 보면은 어김없이 눈물도 흘러'로 시작하는 대중가요 속 노래 가사는 누군가 나를 보며 써 준 게 아닌가 하는 생각도 든다. 나는 편하지만 보는 사람이 불편하다면 내가 애써 그들을 위해 다른 행동을 해야 하는 걸까.

카페 창가에 앉아 친구를 기다리며 지나가는 사람들을 보고 있었다. 밖에서 나를 본 친구가 카페에 들어오자마자 물었다.

"무슨 생각을 그렇게 해?"
"아무 생각 안 해."
"아무 생각 안 하기는. 밖에서 보니까 엄청 심각한 표정이던데."

아무 생각 안 한다는 말에는 고민이 있는데 뭔가 숨기는 뉘앙스가 있다. 그래서 무슨 일이 있는지 얘기해보라고 꼬치꼬치 캐묻기도 한다. 진짜 아무 생각도 안 했는데 말하라고 할 때, 갚을 돈이 없는데 돈을 갚아야 할 것 같다.

언어가 감정을 지배한다고 했던가. 같은 상황에 같은 말인데도 완전히 다른 감정을 느낄 때가 있다. 한 달간 한국을 여행하기 위해 방문했던 홍콩 친구가 가고 싶은 곳이 있다며 가이드를 부탁했다. 함께 부대찌개를 먹고 쇼핑을 위해 지하철로 이동하는 중이었다. 지하철이 지하에서 지상으로 올라온 순간 태양에 빛나는 한강이 보여 창밖을 멍하니 바라봤다. 그때 친구가 내게 물었다.

"What are you thinking about?"

"Nothing."
"OK."

　　같은 말인데도 영어로 하면 이렇게 깔끔하게 대화가 끝난다. 아무런 감정도 없다. '아무 생각도 안 한다'는 말과 'Nothing'은 차이가 없다. 같은 뜻이지만 언어가 다르다는 이유로 이렇게 다른 감정을 느끼다니. 아무 생각도 안 한다는 말은 듣는 사람이 찜찜한 기분일지 몰라도 Nothing은 왠지 쿨하고 멋진 느낌이다.

　　뭔가 하염없이 바라볼 때 나는 정말 Nothing이다. 그러니 걱정들 하지 마시길.

조연주 안녕하세요. 간단한 자기소개와 하시는 일에 대해 말씀 부탁드립니다.

강지연 안녕하세요? 저는 더스피치커뮤니케이션 대표 강지연입니다. 심리학을 기반으로 소통과 스피치 등을 기업과 공공기관에서 강의하고 있고요. 홍대입구역에 있는 코칭센터에서 1대1 스피치 코칭과 심리 코칭도 하고 있습니다. 《말 때문에 상처받지 마라》의 저자이기도 합니다. 말로 하는 일만 20년 이상 해온 덕분에 말하기 분야로 한 길만 걷고 있네요.

조연주 같은 내용이라도 누가 말하느냐에 따라 전혀 다른 느낌으로 다가올 때가 있습니다. 그 이유가 감정 때문이 아닐까 생각해요. 말 잘하는 사람들을 보면 감정표현이 풍부한 사람이 많더라고요. 요즘은 '스피치에 감정을 더 하자'라는 '감정 스피치'에 관심 있는 분들도 많다고 들었습니다. 스피치 훈련이 감정표현에 어떤 도움이 되는 걸까요?

강지연 설득과 협상을 잘 하는 사람은 논리보다 감성으로 사람의 마음을 움직인다고 하죠. 논리적인 말은 이성적으로 이해하기 쉽지만 감정적인 표현은 공감을 이끌어낼 수 있습니다. 물론 사람마다 이성적이거나 감성적인 성향을 타고나지만 이성적인 사람도 자신의 이야기를 풀어내면서 감정표현을 해볼 수 있습니다. 그렇다면 적어도 찔러서 피 한 방울 안 나올 것 같다는 말은 듣지 않겠죠?

조연주 감정관리는 감정자각 – 감정이해 – 감정식별 – 감정조절과 통제라는 4단계를 거친다고 합니다. 감정을 자각하고 이해하고 식별하는 것도 어렵지만 감정조절과 통제가 가장 어려운 부분인데요. 효과적인 감정조절 방법에 대해 말씀 부탁드립니다.

강지연 이지영 교수의 《나는 왜 감정의 서툴까》라는 책에서 부정적인 감정을 느꼈을 때 효과적인 감정조절 방법에 대해 언급했는데요. 감정조절 방법 중 가장 효과적인 방법은 안전한 상황에서 감정을 그대로 느끼고 표현해서 해소하는 것입니다.

조연주 독일의 철학자 하이데거는 "언어는 존재의 집이다."라고 했습니다. 말을 잘 하는 것은 치열한 세상에서 살아남을 수 있는 경쟁력을 갖는 것이죠. 뛰어난 아이디어가 있어도 직장에서 윗사람을 설득하지 못한다면 아무 소용이 없습니다. 상사나 불편한 상대와의 소통을 어떻게 하면 조금 더 슬기롭게 할 수 있을까요?

강지연 직장 내에서 상사도 그렇고 불편한 사람도 피할 수 없다면 어떻게든 소통해야 하잖아요. 저는 정면 돌파를 권합니다. 만만하게 보이지 않으면서 예의를 갖춘다면 가장 완벽할 텐데요. 우리나라에서는 체면이나 눈치, 예의 등을 중시합니다. 따라서 말을 할 때 눈치껏 상대방의 체면을 존중하면서 예의 있게 잘 다듬어 표현한다면 가장 슬기롭게 소통하는 방법이 아닐까요?

조연주 요즘 '말투'에 대한 책이나 강의가 참 많습니다. 저도 말투 때문에 오해를 받기도 하고, 상대를 오해하기도 해요. 말투는 논리가 아닌 감정의 언어라는 말이 있듯이 감정이 많이 실려 있는 것 같습니다. 말투만 바꾸어도 관계가 좋아진다고 하는데, 오랜 버릇을 고치는 게 쉽지 않죠. '말투'를 바꾸기 위해 어떻게 노력해야 할까요?

강지연 저도 말투에 상당히 예민한 편입니다. 특히 짜증을 내거나 부정적인 말투는 상대의 감정도 불쾌하게 만들어버리죠. 저는 평소 자신의 말투를 신경 쓰는 것이 중요하다고 생각해요. 무심코 말하는 나의 말투가 상대에게 어떻게 들리는지 느끼려면 대화하는 상황이나 회의 등을 녹음해보면 도움이 되는데요. 누군가 나서서 '당신의 말투는 이렇습니다.'라고 말해주는 사람은 없어요. 스스로 점검하고 호감 가는 말투를 연습하는 것이지요. 우선 톤을 높이지 않도록 주의하고, 말끝을 끌지 않도록 주의하는 것부터 시도해보세요.

조연주 많은 사람을 만나고 상대하는 직업을 가지셔서 그만큼 다양한 상황에 노출되실 것 같아요. 속상한 일이 생겼을 때 감정을 다스리는 대표님만의 방법이 있으신가요?

강지연 저는 생각보다 감정에 무딘 편인데요. 그럼에도 불구하고 부정적인 감정은 피해갈 수가 없잖아요. 우선 기분이 상하는 말을 들었을 때는 비폭력대화 방법으로 제가 들은 말과 저의 감정을 표현해요. "이런 말을 들으니 제가 좀 불편하네요."라고요. 그러면 상대가 자신의 말이 어떻게 전달됐는지 알아차리기도 하고 저도 제 감정을 솔직하게 표현해서 속이 좀 시원합니다. 그래도 풀리지 않으면 치유하는 글쓰기 방법을 쓰는데요. 종이에다 펜을 멈추지 않고 생각나는 대로 다 적어요. A5 1장 정도 적고 나면 개운합니다.

조연주 사람은 누구나 자신의 생각과 감정을 타인과 나누고 싶은 욕망이 있습니다. 타인에게 인정받고 공감 받고 싶은 것은 본능이라고 해요. 마음을 공감해주기 위해서는 감정을 잘 읽는 연습이 필요하지만 정말 어려운 부분인데요. 일상생활에서 연습해 볼 수 있는 방법이 있다면 알려주세요.

강지연 소통에서 가장 중요한 요소로 공감을 꼽기도 하는데요. 상대의 마음을 알아준다는 것이 참 어렵죠. 공감하기 위해서는 우선 자신의 감정부터 잘 느끼고 표현할 수 있어야 상대의 마음도 알 수 있어요. 매일 자신이 어떤 감정을 느꼈는지 자기 전에 느낌 단어들 중에 3~5가지 정도 찾아보는 것이 도움이 됩니다.

조연주 소통과 공감이 강조되는 시대입니다. 그와 함께 '심리 대화법'과 같은 '대화법' 강의가 꾸준한 인기라는 기사를 읽은 적이 있습니다. '대화법' 강의를 수강하시는 분들은 어떤 부분을 가장 힘들어 하시나요?

강지연　'대화법' 강의나 코칭을 받는 분들은 공통점이 있어요. 대부분 이성적인 성향의 분들인데요. 이분들은 일 중심적인 분들이 많아서 일과 관련된 이야기가 아니면 지루하고 듣기 힘들어하세요. 그래서 상대방이 차갑게 느끼는 경우가 많습니다. 특히 사적인 이야기를 오랜 시간 나누거나 이야기의 핵심이 없으면 대화가 힘들다고 말합니다.

조연주　소통의 방법에는 여러 가지가 있습니다. 쓰기, 말하기는 소통의 기본 도구인데요. 저는 글로 소통하는 것을 좋아하지만 가장 빠른 것은 말을 주고받는 것이라고 합니다. 직접 말로 하는 소통의 좋은 점은 또 어떤 것이 있을까요?

강지연　저는 말로 소통하는 것을 좋아하는 편이라 그런지 글보다 말이 화자의 마음을 잘 표현한다는 생각이 들어요. 글과 가장 큰 차이는 얼굴을 보고 말할 수 있다는 것인데요. 말은 언어적인 표현도 있지만 비언어적인 표현도 있어서 말의 의미뿐만 아니라 감정적인 전달이 잘 되는 것 같아요. 또 글은 점 하나에도 그 안의 의미를 찾으려고 하지만 말은 들리는 그대로 받아들일 수 있어서 좀 더 단순하지 않나 싶어요. 대신 한 번 뱉은 말은 수정도 삭제도 할 수 없다는 점 때문에 어렵게 느껴진다고 생각합니다.

조연주 인터뷰에 응해주셔서 감사합니다. 끝으로 감정과 소통으로 힘들어하는 분들에게 전하고 싶은 말씀 있으시면 전해주세요.

강지연 자신의 감정 상태에 따라 소통에도 영향을 미치고, 소통은 대인관계와도 매우 밀접한 관련이 있습니다. 그래서 매일 평정심을 유지할 수만 있다면 좋겠어요. 그러기 위해서는 부정적인 감정도 자신만의 효과적인 방법으로 풀어내는 것이 필요하죠. 남을 생각하기 이전에 자신이 우선입니다. 세상 모든 사람을 만족시키려고 애쓰기보다 자기 자신에게 만족할 수 있기를 바랍니다.

마주 앉아
이야기를
나누고

감정
마스크팩

　일찍 결혼해서 바로 연년생으로 아이를 출산한 친구가 있다. 육아도 만만치 않지만 아픈 아이를 키우며 고생하는 친구가 늘 안쓰러운 마음이었다. 학창시절에 가장 가까이에서 나를 웃게 해주던 친구가 하루하루 삶의 무게를 견디며 사는 모습이 존경스러웠다. 아이가 아파서 다른 아이들처럼 어린이집에 보내지도 못하고 하루 종일 데리고 있어야 했다.

　언젠가 새벽에 전화해서는 "내가 평생 짊어져야 할 십자가 같아. 죽을 때까지 내가 책임져야 하는데 나 오래 살 수 있겠지?"라며 펑펑 울기도 했다. 아직 육아는커녕 결혼도 안 한 내가 주제넘게 뭐라고 위로를 할 수 없어 가만히 듣고만 있었다. 상황이 그렇다 보니 모든 친구들과 연락을 끊고 사람들과의 교류도 포기하고 사는 친구의 얘기를 들어줄 사람은 나뿐이었다.

친구가 더 서글픈 건 아이를 어린이집에 보내고 제2의 인생을 시작하는 엄마들이 부러워서 미칠 것 같다고 했다. 똑똑하고 음악적인 재능이 뛰어나 꿈이 많았던 소녀는 하루 24시간을 아픈 아이 곁에서 떠날 수 없는 엄마라는 굴레를 벗어날 수 없게 됐다.

며칠 후 친구에게서 걸려온 전화에 결국 그동안 참았던 눈물을 쏟았다. 아무리 아이 때문에 집밖에 나가지도 못하지만 아무것도 안 하고 살자니 답답해서 부업을 시작했다는 얘기를 들었다. 마스크팩을 봉투에 넣는 부업이었다. 한 장에 5원 정도 하는데 아이 자는 시간에 틈틈이 하면 치료비와 간식비에 조금이라도 보탬이 될 것 같다며 즐거워했다.

피아니스트를 꿈꾸던 그 예쁜 손으로 이제는 아이를 위해 10원이라도 벌겠다며 마스크팩을 접는 친구의 모습이 낯설었다. 부잣집에서 귀하게 자라던 친구는 아빠의 사업 실패로 인해 선택한 도피처가 결혼이었다. 행복하지 않은 결혼 생활도 아픈 아이를 키우는 일도 다 그만두라고 말하고 싶었다. 내가 해줄 수 있는 일은 그저 가끔 놀러 가서 얼굴 보며 얘기하는 것뿐이었다. 조만간 한 번 가겠다고 하고 전화를 끊었는데 마음이 편치 않아 바로 친구에게 갔다.

현관문부터 거실까지 온갖 부업재료로 가득 차서 발 디딜 틈도 없었다. 그새 익숙해진 건지 마스크팩 일거리 3천 장을 받았다며 분주한 모습이었다. 아무래도 내가 좀 도와줘야 할 것 같아 가르쳐달라고 했다. 처음에는 놀러 왔는데 이런 거 어떻게 시키냐며 미안해했다. 볼 거 못 볼 거 다 본 우리 사이에 무슨 상관이냐며 빨리 비법 전수나 하라고 했더니 우물쭈물 하던 친구가 아크릴 판과 손가락에 끼우는 고무를 건넸다. 그러더니 제법 달인처럼 말했다.

"우선 가운데에 아크릴 판을 대고 반을 접어. 그 다음에 오른쪽 왼쪽 접어서 이렇게 봉투에 재빨리 쏙 넣어야 돼. 할 수 있겠어? 이거 생각보다 쉽지 않아."

친구의 말대로 생각보다 쉽지는 않았지만 점점 속도가 붙었다. 둘이 앉아서 부업을 하며 수다를 떨게 될 줄이야. 상상도 못했던 일이다. 혼자 하다가 같이 하는 사람이 생기니까 좋으면서도 계속 미안한 마음이 들었는지 친구가 괜히 자책하기 시작했다.

"친구를 잘 만나야 한다는데 괜히 나 같은 친구 만나서 네가 이런 궁상맞은 일을 다 하고 미안하다."

억지로 분위기를 바꾸는 건 우리 사이에 어색한 일이다. 나는 무심한 듯 말했다.

"이거 궁상맞은 일이야? 근데 나 왜 이렇게 잘하는 거야. 궁상맞은 일이 적성에 맞는 건가? 글 쓰지 말고 이거 해야 하나. 어이없게 새로운 재능을 찾았네."

친구가 부업으로 받은 마스크팩은 '감정 마스크팩'이었다. '감정 마스크팩'은 그날의 감정에 따라 피부 관리가 가능하다는 콘셉트로 일반적인 마스크팩과 달리 시트 자체에 기쁨, 슬픔, 화남, 부끄러운 표정이 프린트 되어있었다. 스킨케어 기능뿐 아니라 재미 요소까지 생각한 신개념 마스크팩이었다.

나는 기쁨과 슬픔, 친구는 화남과 부끄러움의 마스크팩을 맡아 작업했다. 이게 뭐라고 한 가지 표정을 계속 오랫동안 보고 있자니, 내 감정도 마스크팩의 표정과 일치되어 가는 것 같은 착각이 들었다. 우울해지기 전에 수시로 다른 감정의 마스크팩으로 교체해 작업하기도 했다.

어느새 3천 장의 마스크팩 작업을 끝냈고, 친구는 "마스크팩도 맞드니 낫다 야."하며 '기쁨'의 감정을 드러내 보였다.

집으로 돌아오는 버스 안에서 건조하고 여기저기 긁힌 내 손을 보며, 친구는 얼마 동안이나 이 일을 해야 삶이 조금은 편안해질까 생각했다. 내 표정은 친구와 달리 '슬픔'이었다.

나는
네가
아니니까!

몇 년 전 우연히 철학 모임에 참여한 적이 있다. 말은 모임이라고 했지만 강의를 해주시는 분이 계셨다. 철학에 대해 아무것도 몰라서 조금이라도 배우려고 빠지지 않고 참석했다. 철학을 배운다는 것은 사는 법을 배우는 것이라던 스피노자의 말처럼 나이가 들수록 철학을 배워야겠다는 생각이 들었다. 마침 좋은 기회가 생겼고, 다행히 모두 철학을 처음 공부하는 사람들이라서 마음도 편했다.

철학은 단순하게 의문을 던지고 생각하는 과정에 그치는 것이 아니라 인간과 세상은 무엇이며 구체적으로 나는 어떻게 살아야 하는지에 대한 생각을 하게 해주는 학문이다. 배울수록 끝이 없었다. 여러 가지 주제로 강의를 들었지만 몇 년의 시간이 흐른 지금, 머릿속에 남은 건 거의 없다. 하지만 확실하게 기억에 남은 말은 있다.

어느 날 강의를 하시던 분께서 우리에게 질문을 하셨다.

"(탁자에 사과를 올려놓으며) 이게 왜 사과인지 설명해보세요."

사과를 보고 그냥 깎아만 먹었지, 그게 왜 사과인지 생각해본 사람이 얼마나 있을까. 아무도 대답하지 못하고 서로를 바라보며 잠시 정적이 흘렀다. 사람들은 대부분 주입식 교육을 받고 자라서 '정답'만을 궁금해 했다. 그때 문제를 출제했던 분이 말씀하셨다.

"이게 사과인 이유는!! 포도가 아니기 때문입니다!"

엥? 이게 무슨 말이야, 하는 표정으로 서로를 쳐다보다가 모두 웃음이 터졌다. 포도가 아니기 때문에, 수박이 아니기 때문에, 복숭아가 아니기 때문에 사과라고 했다. 듣고 보니 우리가 기대했던 딱 부러지는 정답은 아니지만 그렇다고 틀린 말도 아니었다. 이런 게 철학인지 혼란스럽기는 해도 그동안 배웠던 학교 공부와는 다른 재미를 느꼈다.

그 뒤로 한동안 철학 모임에서는 '~가 아니니까'를 패러디하며 말 장난을 자주 했다. 오이가 오이인 이유는 고추가 아니니까, 피아노가 피아노인 이유는 기타가 아니니까.

철학을 너무 장난스럽게 대하는 건가 하는 생각도 들었지만 덕분에 쉽고 재밌게 느껴져 흥미를 붙일 수 있었다.

평소 남의 기분은 생각 안 하고 한없이 속 편하게 해맑은 친구가 있다. 언젠가 장난으로 심한 말을 생각 없이 툭툭 내뱉어서 내 감정이 상한 상태였다. 그만하라고 얘기하길 여러 번, 그럼에도 아랑곳하지 않고 장난을 쳐서 더 이상 얘기하고 싶지 않았다. 그만 얘기하자고 했더니 친구는 여전히 아무렇지 않게 얘기했다.

"뭘 그런 거 갖고 화를 내고 그래. 그런 것도 이해 못 해줘?"
"어. 이해 못 해줘."

그러자 친구는 도대체 왜 이러냐는 듯이 물었다.

"왜? 그냥 대충 좀 넘겨."
"너는 그게 쉬울지 몰라도 나는 안 돼. 나는 네가 아니니까!"

겉으로 보기에 우리는 같은 세상을 사는 것 같지만 사실 개개인은 각자가 자신만의 우주 속에 살고 있다. 조금의 공통적인 부분을 공유해도 개인 속으로 들어갈수록 완전히 다른 세상에 살고 있다는 것을 알게 된다. 그래서 삶이란 지극히 주관적인 것이다.

너와 나는 다르다는 사소한 진리로 내 나름의 철학적인 말을 했다는 생각이 들었다. 지혜로운 삶을 위해 생각에만 머무는 죽은 철학이 아닌, 일상에서 직접 부딪히며 행동하는 철학을 앞으로도 꾸준히 공부해야겠다.

뜨거움보다
사소함

한 영화의 카피에 눈과 귀가 멈칫했다.

"당신은 오늘, 누구를 만나 어떤 이야기를 했나요?"

바쁘게 살다 보면 오늘이 무슨 요일인지, 뭘 먹었고 누구를 만났는지 기억이 나지 않을 정도로 정신없을 때가 있다.

단편 하나하나의 외피만 보면 사소한 이야기일지 모르나 그 가치는 결코 사소하지 않은 영화 <더 테이블>은 하나의 카페, 하나의 테이블에 하루 동안 머물다 간 네 개의 인연을 통해 동시대의 사랑과 관계의 다양한 모습을 보여준다. 네 개의 사연으로 이뤄진 옴니버스 구성의 영화로 네 커플의 대화를 통해서 전체의 과정이 아닌 툭 잘린 사연의 단면들만 들을 수 있는데, 이 속에서 그들의 삶의 경험과 감정을 읽고 교감할 수 있다.

오전 열한 시. 에스프레소와 맥주. 스타 배우가 된 유진과 전 남자친구 창석의 만남.

"나 많이 변했어."

오후 두 시 반. 두 잔의 커피와 초콜릿 무스 케이크. 하룻밤 사랑 후 다시 만난 경진과 민호의 만남.

"좋은 거 보면 사진이라도 하나 보내줄 줄 알았어요."

오후 다섯 시. 두 잔의 따뜻한 라떼. 결혼사기로 만난 가짜 모녀 은희와 숙자의 만남.

"좋아서 하는 거예요. 아직까진…."

065

비 오는 저녁 아홉 시. 식어버린 커피와 남겨진 홍차. 결혼이라는 선택 앞
에 흔들리는 혜경과 운철의 만남.

"왜 마음 가는 길이랑 사람 가는 길이 달라지는 건지 모르겠어."

마음 가는 길과 사람 가는 길이 다른 건 자신에게 솔직하지 못해서 그런 거 아닐까. 영화는 네 배우가 연기하는 '유진', '경진', '은희' 그리고 '혜경'과 그들이 만나는 사람들을 통해 동시대를 살아가는 사람들의 사랑과 인연, 관계에 관한 진솔한 이야기를 들려준다.

이 별거 아닌 것 같은 영화의 여운은 생각보다 꽤 길었다. 어떤 의도로 만들었을까 궁금한 마음에 김종관 감독의 인터뷰를 찾아 읽었다. 단 7일 만에 촬영했다는 <더 테이블>은 다른 영화들이 뜨거움에 집중할 때, 이렇게 사소함에 집중하는 영화도 있어야 하지 않나 싶어서 만든 영화라고 했다.

오이시 마모루 감독은 《철학이라 할 만한 것》에서 영화에 대한 생각을 이렇게 밝혔다.

"영화를 만든다는 것은 도저히 어찌할 수 없는 감독만의 철학을 담는다는 뜻이다. 그런 철학이 들어 있느냐 없느냐가 영화와 단순한 두 시간짜리 영상을 가르는 단 하나의 정의라고 생각한다."

그런 의미에서 〈더 테이블〉은 감독의 철학이 확실하게 담겨있었다. 이제는 삶에서도 뜨거움보다는 사소한 것에 편안함을 느끼는 내 감정선과 맞닿아 있었다. 디테일한 감정 연기와 오히려 뜨겁지 않아서 여운이 오래가는 영화였다.

온기를 불어
넣는 일

　친한 동생이 결혼을 하고 신혼집에 초대했다. 버스와 지하철을 타
고 내려 다시 마을버스를 탔다. 마을버스는 오래된 마을의 작은 골목
과 가파른 언덕을 지나 근처 정류장에 도착했다. 서울에도 이런 동네
가 있다니 새삼 신기해서 주위를 둘러보며 동생에게 연락하기 위해 휴
대폰을 꺼냈다. 그 순간 휴대폰이 통화불능 지역 표시로 바뀌면서 터
지지 않았다. 시골도 아니고 (요즘은 시골도 잘 터진다고 하지만) 서울 한복판에서
이런 일이 생길 거라고는 전혀 예상하지 못해서 혼자 안절부절못했다.

집이 어딘지도 모르고 연락할 방법이 없으니 마을버스를 타고 올라 왔던 언덕길로 내려가 작은 마트로 들어갔다. 주인아주머니께 사정을 말씀드리고 휴대폰이 터지는지 확인했다. 마트 안에서는 아슬아슬하게 가능할 것 같아 동생에게 얼른 메시지를 보내 놓고 다시 정류장으로 올라갔다. 공중전화도 없고 휴대폰도 터지지 않는 인적 드문 동네에 멀뚱하게 서 있으려니 가상세계에 혼자 떨어진 것 같아 불안했다. 휴대폰 하나에 이렇게 큰 불안감을 느끼다니 일상에서 얼마나 많이 휴대폰에 의지하고 사는지, 휴대폰 없으면 바보가 되는 내가 한심했다.

몇 분이나 흘렀을까 횡단보도 건너편에서 뛰어오는 동생의 모습이 보였다. 만나자마자 이 동네 왜 이러냐며 조잘조잘 수다가 시작되었고, 곧 집에 도착했다. 신혼집은 곳곳에 동생네 부부의 손길이 닿은 집이었다. 서울의 작은 자투리땅을 사서 직접 짓고 꾸민 아담하고 따뜻한 집은 처음 방문하는 곳이지만 마음이 편안했다. 키가 작은 나도 조심하게 되는 낮은 천장의 다락방과 동네가 한눈에 내려다보이는 테라스는 신혼부부의 분위기가 물씬 풍겼다. 서투른 솜씨로 동생이 만들어준 스파게티와 따뜻한 차, 집에서 키우는 동물, 잔잔한 음악이 흐르는 집은 어쩐지 '효리네 민박'에 온 것 같은 기분이었다.

이렇게 예쁜 집에서 동생이 가장 열심히 하는 일은 길고양이에게 밥을 챙겨주는 일이었다. 마당 급식소를 만들어 수시로 나타나는 길고양이들을 쫓아내지 않고 일일이 밥을 챙겨주고 있었다. 사람이 먹는 것처럼 여러 가지를 섞어 영양가 있고 정성을 듬뿍 담아 준비하는 모습이 행복해 보였다. 밭에서 키우는 농작물에게 애정을 쏟는 내 모습도 다른 사람이 보기에 그렇게 보일까? 대상만 다를뿐 사람이 무언가에 아무 조건 없이 애정을 쏟는 일은 본인이 더 큰 행복감을 느낀다.

이 험한 세상에서 동물이든 사람이든 돌아갈 집과 가족이 없는 것은 참 서글픈 일이다. 이리저리 방황하며 떠돌다 어느 곳에선가 자신에게 따뜻한 밥 한 그릇 내주는 곳에 자꾸 가게 되는 이유도 따뜻한 가족의 품이 그리워서 일 것이다. 그렇게 베푸는 일은 자신의 돈과 시간, 정성을 쏟아야 하는데 동생은 그 어떤 일보다 열심히 하고 있었다. 고양이에게 밥을 주고 간식을 주는 사람은 자신이지만, 고양이는 마음을 주고 위안을 주기에 동생은 자기가 고양이에게 더 많은 것을 받는다고 생각했다.

갈 곳 없는 고양이들에게 자꾸 마음이 끌려 밥이라도 주고 싶다는 동생의 모습에서 어떤 식으로든 사회에 온기를 불어넣을 수 있는 일이 있다면 누가 알아주지 않아도 내 정성을 쏟아보고 싶다는 생각이 들었다.

동생의 집을 나서는데 스페인 여행에서 사 왔다는 국화차를 선물로 받았다.

"언니, 글 쓸 때 차 한 잔씩 하면서 쓰세요."

차를 한 잔씩 마실 때마다 바쁘게 길고양이의 밥을 챙겨주던 동생의 뒷모습이 떠오른다. 오늘도 동생은 고양이와 눈을 맞추며 정성껏 밥을 내줄 것이다. 고양이가 잘 먹는 모습을 물끄러미 바라보며 소소한 행복을 느끼는 일상을 되풀이하고 있겠지.

동생이 예뻐진 건 단지 신혼이라서가 아니라 스스로 주변을 사랑으로 채우고 있어서 일지도 모르겠다.

욕
할 줄 알아요?

연락할 때마다 얼굴 한번 보자던 후배와 시간이 맞지 않아 미루고 미루다 명절 연휴에 만나 식사를 했다. 이제 같이 나이 들어가는 모습이 꽤히 반가웠다. 만나자마자 그동안의 일을 폭포수처럼 쏟아냈다.

후배는 약속장소로 오는 길에 버스와 승용차 간에 충돌이 생겨 약간의 실랑이가 있었다고 했다. 참지 못한 버스 기사는 창문 열고 욕을 했는데 고향이 어디인지 거센 발음과 억양 때문에 듣기 무섭고 불쾌했다고 했다. 자연스레 '욕'에 대한 이야기가 이어지면서 후배가 물었다.

"언니도 욕할 줄 알아요? 언니가 욕하는 거 한 번도 못 본 것 같아요."
"그럼. 할 줄은 알지. 듣는 것도, 하는 것도 싫어서 안 하는 것뿐이야."

후배가 보기에는 늘 바르게 살아온 것처럼 보이는 내가 욕할 줄 안다는 게 상상이 안 됐나 보다.

"진짜요? 그럼 욕할 때가 있긴 있어요?"
"있지. 있었지, 예전에는."
"언제요?"
"1년에 두 번, 명절에."
"명절에요? 결혼 안 한다고 잔소리 들어서요?"
"아니. 한 살 터울인 사촌 남동생이 있는데 걔한테는 욕만 해."
"왜요? 사고뭉치예요?"
"아니. 그냥, 이유가 없어. 걔만 보면 짜증나. 걔는 욕과 주먹을 부르는 얼굴이야. 아마 세상 누나들이 대부분 그럴걸?"

내 얘기를 듣던 후배는 까르르 웃었다. 언젠가 한 번은 사촌 동생이

"누나, 나한테 하루만 욕하지 말고 말하면 안 돼?"라고 했다.

순간 그동안 내색은 안 했어도 동생이 상처받은 게 많았나 싶어 미안한 마음이 들었다. 서로에게 익숙하고 상처받지 않을 것 같은 동생

이 하는 말에 마음이 쓰여 그러겠다고 대답했다. 그런데 그날 종일 동생과 한마디도 하지 않았다. 갑자기 욕을 하지 말라니 할 말이 없었다. 말 한마디 안 하고 있다가 저녁 먹을 시간이 되어 동생에게 볶음밥을 해줬다.

"밥 먹어."

그날의 첫 마디였다. 동생은 식탁에 앉아 밥을 먹기 시작했다.

"누나. 그냥 평소대로 얘기해줘. 불편해서 밥이 안 넘어가."

우리는 곧 평소대로 돌아왔다. 이 세상에서 내 욕을 듣는 사람은 네가 유일하니 넌 정말 특별한 사람이라고 세뇌를 시켰다. 내 마음과 다르게 애정표현이 격하게 나갈 때가 있다. 원래 마음은 "너랑 노는 게 재밌어. 네 덕분에 내가 웃는다."라고 말하고 싶은데 마음에 있는 말이 그대로 나가지 않는다.

이제는 명절에도 사촌 동생을 만나기 힘들어졌다. 먹고 살기 바쁘다는 이유로 친척들이 모이지 않는다. 예전엔 명절이 명절다웠다. 복잡하고 할 일이 많아도 모든 식구가 모였고, 주변의 공기마저 평소와는 달랐다. 언제부턴가 명절도 어제와 다름없는 하루가 되었다. 욕할 사람이 없어서 명절을 조용히 보낸 지도 꽤 오랜 시간이 흘렀다. 요즘 명절이 되면 부쩍 욕을 하고 싶다. 아주 찰지게!

무료한 명절을 보내던 날, 사촌 동생에게서 연락이 왔다. 인사도 없이 다짜고짜 보낸 메시지는 이랬다.

"누나, 나는 잠시 잠을 자야 할 것 같아. 그러니 나 대신 지구를 지켜줘."

30대 중반 남자가 몇 년 만에 새벽 3시에 보낸 메시지였다. 스스로 욕먹을 행동을 하는 걸 보니 동생도 내 욕이 그리웠나 보다. 그래서 애정을 듬뿍 담은 욕을 답장으로 보냈다. 나의 애정을 받은 동생이 말했다.

"우리 누나 맞네. 연락처 바꿨는지 확인해 본 건데, 안 바꿨네."

행복은
아파트 평수 순이
아니야

나이가 들면서 학창시절 친구들을 만나는 일이 크게 마음먹어야 가능해졌다. 언제든 연락해서 수시로 만나 떠들고 놀던 친구들은 각자의 인생을 사느라 늘 바쁘다. 어쩌다 만나면 벌써 그 만남도 1년 만이고 시간이 어떻게 흘렀는지 새삼스럽다.

연말이 되어 친구들과 오랜만에 모인 날이었다. 결혼을 하고 전업주부로 육아를 하며 사는 친구와 자신의 인생을 사는 싱글 친구들이 반반이다. 나는 아직 후자에 속한다. 처음에는 반가움에 분위기가 좋았다. 점점 분위기가 무르익을수록 이런저런 얘기가 오가며 사건이 시작됐다.

친구 A는 대기업에 다니는 남편과 경제적으로 풍족한 시댁 덕분에 별다른 걱정 없이 산다. 유일한 걱정이라면 이번 달에는 남편에게 어떤 명품을 사달라고 할까 고민하는 정도다.

친구 B는 모든 것을 포기하고 사랑 하나만 보고 결혼을 했다. 몸이 편찮은 시할머니, 시부모님, 상대하기 만만찮은 시누이들, 사고뭉치 도련님, 술을 좋아하는 남편, 줄줄이 낳은 네 명의 아이들, 사는 거 자체가 고난의 연속이라고 말할 정도로 만날 때마다 어두운 모습이었다.

두 친구는 단둘이 만나는 일이 없다. 서로 너무 다른 삶이 학창시절 단짝이었던 두 친구 사이를 멀어지게 만들었다. 친구들과 모인 자리에서도 두 친구는 얘기를 많이 나누지 않았는데 그 날, 사소한 말 한마디로 쌓이고 쌓였던 게 모두 터지고 말았다.

시작은 역시 A였다. A는 살고 있는 아파트가 마음에 들지 않아 이사 갈 예정이라고 했다.

"어디로 이사 가려고?"
"○○○○ 아파트, 48평."

잠시 정적이 흘렀다. 다들 '뭐라는 거야?'라는 눈빛이었다 어디로 이사 가냐는 질문에는 대부분 ○○동이나 지역을 말하는 게 대부분이다. 남들에게 보이는 게 중요한 A는 유명 아파트의 넓은 평수를 자랑하고 싶었던 것이다. 분위기를 바꾸려고 일부러 내가 구박하듯 말했다.

"야, ○○○○ 아파트건 어느 아파트건 네가 몇 평에 살든지 그건 관심 없어. 어느 동네로 이사 가냐고!"

A는 아랑곳하지 않고 대답했다.

"아, 동네? 당연히 강남이지."

입만 열면 밉상이다. 그만 얘기를 끝내려고 할 때 갑자기 B가 가방을 챙기며 일어섰다.

"남자 잘 만나서 아무 걱정 없이 살고 호강하는 건 알겠는데 더는 못 듣겠다. 먼저 갈게."

그 날 이후 친구들이 모두 모이는 날은 없었다. 그나마 1년에 한 번 힘들게 시간 맞춰 모여서 얼굴 보고 얘기 나누던 소소한 즐거움이 사라졌다. A는 강남 ○○○○ 아파트 48평으로 이사를 갔고, B는 여전히 사랑한 대가로 희생의 삶을 살고 있다.

A와 B의 행복에 대한 기준은 다르다. 모든 사람들이 행복에 대한 기준이 다르다고 원수가 되는 건 아니다. 두 친구는 감정의 주파수가 너무 달랐다. 서로의 감정을 읽어주려는 노력은 당연히 없었다. 상대방과 감정의 주파수를 맞추면 감정이입이 되어 상대의 관점에 귀를 기울이고 받아들이게 된다. 그것을 통해서 상대방의 감정을 헤아릴 수 있게 되는 것이다. 서로의 감정 주파수를 맞추어 공감대가 형성되면 상대방의 생각을 읽는 건 쉽다. 자신의 자랑이 아닌 상대방의 이야기에 집중하고 경청했다면 얼마나 좋았을까.

두 친구 사이에 끼어있는 제삼자인 내가 아무리 노력한다 해도 다른 사람들의 감정을 맞춰주는 일은 불가능했다. 라디오를 틀어 정확한 주파수를 맞추어야 좋은 음악을 들을 수 있는 것처럼 서로의 감정에 주파수를 맞추어 잘 들어주고 공감을 표현해야 한결 편안한 사이가 될 수 있다.

A가 정말 행복한지 묻고 싶다. 고작 아파트 평수를 남들 앞에서 말하는 것에 행복을 느낀다면 나는 그녀의 행복이 부럽지 않다.

행복은 아파트 평수 순이 아니다. 집의 평수를 늘려가면서 감정의 폭과 상대에 대한 이해의 폭도 넓혀갔으면 좋겠다. 사람은 쉽게 변하지 않으니 쉬운 일은 아닐 것이다. 다만 개인의 행복이 주관적이기는 해도 A가 물질적인 행복만이 아닌 삶의 질을 높이는 진정한 행복도 느끼며 살길 바란다.

별이 빛나고
난 뒤

퇴근하고 우리 동네로 온 친구와 오랜만에 배드민턴을 쳤다. 저녁으로 곱창을 먹기로 했는데 우리가 사람이라면 양심상 조금이라도 움직이고 나서 먹기로 했다. 같이 할 수 있는 운동이 뭐가 있을까 생각하다가 신발장 위에 초라하게 오랫동안 홀로 놓여 있는 배드민턴 채를 발견했다. 그냥 걷는 것보다 재밌겠다 싶어 배드민턴을 챙겨 나갔다.

시작부터 서로 정신없이 몰아치다가 한순간 점프를 하며 힘껏 내리쳤는데 공이 멀리 날아갔다. 공을 주워온 친구의 복수가 시작됐고, 그때부터는 공을 주고받는 게 아니라 누가 더 멀리 보내고 주워오게 만드냐를 겨루는 이판사판 게임이 되어버렸다.

"야, 감정 실어서 치지 마."

예상치 못할 때 불쑥불쑥 모습을 드러내는 승부욕은 내가 이기거나 상대가 포기해야 끝난다. 다행히 배가 많이 고팠던 친구가 이 정도면 열심히 운동했다며 곱창집으로 가자고 했다. 동치미 국물을 후루룩 들이켜 마시고 곱창이 나오자 허겁지겁 먹기 시작했다. 볶음밥으로 마무리를 하고 일어서려는데 친구가 오늘은 그냥 집에 가기 싫다고 2차를 제안했다. 어디든 한창 시끄러울 시간이라서 우리 집 옥상에 가서 먹기로 했다. 마트에 들러 친구는 캔맥주, 술을 마시지 않는 나는 사과 주스, 그리고 오징어와 과자를 사서 옥상으로 갔다.

아빠가 채소를 말리기 위해 만들어 놓으신 평상에 앉아 수다를 시작했다. 처음엔 앉아서, 시간이 흐를수록 자세는 흐트러졌고 결국 둘이 평상에 드러누웠다. 간간이 보이는 별을 바라보며 친구가 말했다.

"시골이 아니어도 별을 볼 수 있구나. 몰랐네. 하늘을 보고 다녀야 별이 떴는지 알지."

문득 이렇게 조금 더 누워 있다 보면 세상이 어두워질 테고 그럼 별

을 많이 볼 수 있지 않을까 생각했다. 술이 한 잔 들어간 친구는 대뜸

"우리의 빛나는 시절도 다 갔구나."라며 한탄했다.

빛나는 시절이 있었나 생각해보면 마땅히 떠오르지 않는다. 있었다고 해도 아주 잠깐이었다.

"빛나고 난 뒤가 더 편할지도 모르잖아."

일본의 에세이스트 사노 요코는 《사는 게 뭐라고》에서 이렇게 말했다.

"나 역시 젊은 시절, 마음만은 화사했다. 나도 모르게, 정말로 부지불식간에 정신을 차리고 보니 예순이 넘었다. 화사한 생명 같은 건 완전히 잊었다. 이 나이가 되니 마음이 화사해지지 않아서 오히려 편안하다."

빛나는 순간은 한순간이지만 평범한 일상은 우리 삶의 대부분을 차지한다. 돌아보면 빛나는 순간이라고 말하는 그때가 제일 행복했던 순간도 아니었다.

"별을 보다가 잠드는 추억을 가진 사람이 얼마나 될까? 이런 순간이 인생에 한 번쯤은 있어야 할 것 같은데. 이런 기억이 있다는 게 진짜 행복이지."

친구는 대답이 없었다. 언제나 그랬듯 세상 편하게 잠들었다. 언젠가는 오늘이 빛나던 시절이라고 기억하는 날이 오겠지. 그때도 이렇게 별을 보다 잠들 수 있었으면 좋겠다.

사람에 대한
관심과 애정

나는 항상 가던 곳만 고집한다. 음식점, 카페, 마트, 옷가게, 미용실까지.

오랫동안 다니는 단골 미용실이 원장님의 개인적인 사정으로 주말에 오픈을 하지 않는다. 늦은 나이에 엄마가 된 원장님은 아이에게 집중하고 싶어서 과감하게 내린 결정이라고 했다. 평일 주 5일만 오픈한다고 해도 단골들은 떠나지 않았다. 늘 동네 사람들이 바글바글하게 모여 있어 예약을 하고 가도 어느 정도의 기다림은 기본이다.

웬만하면 시간을 맞춰 단골 미용실만 가지만, 몇 달 동안 도저히 시간이 맞지 않아 머리를 다듬지 못했더니 지저분하고 앞머리도 자꾸 눈을 찔렀다. 하는 수 없이 처음 가는 미용실에 가서 머리를 다듬었다. 남들이 보기엔 별거 아닌 그냥 긴 생머리인데, 나에게 머리 다듬는 일은 굉장히 예민한 일이다. 우선 다른 사람이 내 머리를 만지는 걸 싫어하는 데다 내가 고집하는 스타일이 확고하다.

처음 뵙는 미용실 원장님께 지금 헤어스타일에서 건드리지 말고 그대로 3센티미터만 다듬어 달라고 간곡히 부탁드렸다. 별거 아니라는 듯이 그러겠다고 했다. 하지만 가위를 잡자마자 사정없이 숱을 쳤고, 단 10분 만에 끝났으니 일어나라고 했다.

"이게 끝이에요?"
"네. 왜요?"
"아니, 머리를 다듬어 달라고 말씀드렸는데 더 지저분해졌는데요."
"뭐가요? 아까랑 똑같은데요."

내 헤어스타일은 허리까지 내려오는 검은 생머리다. 정말 특별히 뭘할 게 없는 이 단순한 머리를 알 수 없는 스타일로 잘라 놨다. 뒷머리가 일자도 아니고 양쪽이 삐죽하게 긴, 어디서도 본 적 없는 스타일이었다. 이럴 바엔 깨끗하게 일자가 낫겠다 싶어 다시 다듬어 달라고 말씀드렸다. 원장님은 자존심이 상했는지, 못 하겠다고 거절했다. 나도

기분이 상해서 더 얘기하지 않았다.

한동안 양옆이 길게 튀어나온 이상한 머리를 가리기 위해 가르마를 바꾸고 묶고 다니며 시간을 보냈다. 그리고 단골 미용실 원장님께 가서 사정을 말씀드렸다. 원장님은 단번에 내 얘길 이해했다. 나는 머리를 엉망으로 만들어 놓은 미용실에 대해 불만을 늘어놓았다. 하지만 원장님은 실력이 문제가 아니라고 했다.

"그분이 실력이 없는 분은 아닐 거야. 스킬은 달라도 결과물은 똑같이 나올 수 있거든. 나랑 스킬의 차이는 있어도 실력은 다들 비슷비슷해. 이건 실력의 문제가 아니라 사람에 대한 관심과 애정의 문제야. 그 사람은 아직 너한테 애정이 쌓인 사람도 아니고, 단순히 어떤 스타일을 원하는지만 알면 되는 줄 아는데 그렇지 않아. 오늘 이 사람 기분은 어떤지, 집에 들어가는 길인지 집에서 나오는 길인지, 어디를 가는 길인지, 요즘엔 어떤 생각을 하면서 사는지, 이 사람에 대해 알려고 노력하고 관심을 가져야지. 그럼 헤어스타일도 거기에 맞춰서 더 신경 써 줄 수 있는 거야."

헤어디자이너는 고객이 원하는 스타일을 파악해서 최고의 헤어스타일을 만들어 주는 사람이라고 생각했다. 하지만 그보다 먼저 필요한 건 사람과 사람 사이에 소통, 사람에 대한 관심과 애정이었다. 오랜 시간 동안 원장님은 내 머리만 관리해준 게 아니라 감정도 함께 관리해준 감정 관리사였다.

원장님이 항상 묻던 질문들은 나에 대한 애정이었다. 집에 들어가는 길인지 집에서 나오는 길인지 물었던 건 가는 곳에 어울리게 드라이라도 한 번 더 해주려는 마음이었고, 자신이 읽고 있던 책에 관한 이야기는 내 관심사에 맞춰 소통하기 위한 노력이었음을 알았다.

작은 동네 미용실에 단골들이 떠나지 않는 이유는 대단한 기술이 아니라 마음을 가장 중요하게 생각하는 원장님의 신념 때문이었다. 4차 산업혁명 시대엔 사람의 감정을 읽을 수 있느냐, 없느냐가 기업의 성패를 가를 전망이라고 한다. 단순히 감정을 읽는 것에서 끝나지 않고, 감정을 만져주는 원장님은 4차 산업혁명 시대에 미용 로봇이 나타난다고 해도 지금 자리를 꿋꿋이 지킬 수 있을 것 같다.

법이 원래
정의롭지 못해요

취재를 위해 만나게 된 변호사님과 회의를 하다가 자연스럽게 법에 대한 궁금증을 물어보게 되었다. 사람 심리가 앞에 변호사가 앉아있으면 억울했던 이야기와 여러 가지 호기심 가득한 질문을 하게 되는 것 같다.

사람 좋다는 말을 평생 듣고 살아오신 아빠는 그만큼 많은 사기와 손해를 보셨다. 빌려주고 못 받은 돈은 말할 것도 없고, 일하고 못 받은 돈, 믿은 사람에게 당한 사기로 여러 가지 소송을 제기했지만 돌려받은 돈은 없다.

소송에서 승소하고, 상대는 우리 아빠에게 언제까지 얼마의 금액을 갚으라는 판결이 내려졌다. 하지만 모두 모른 척하며 미루고 도망 다녔다. 그런 사람들 하나같이 땅 부자에 건물 부자가 되어 편안한 노후를 보내고 있다. 아빠는 여전히 사기당한 돈을 갚으며 고생하는 모습을 볼 때마다 답답해 속이 터질 것 같았다.

변호사님께 아빠의 상황에 대해 말씀드리고 혹시 다른 방법이 없는지 조언을 구했다. 이제는 희망을 버려야 한다는 것을 알면서도 술만 드시면 몇 십 년째 같은 말씀을 하시는 아빠 때문에 방법을 찾아 드리고 싶었다. 하지만 혹시나 하는 아주 조금의 희망도 정말 버려야 한다는 사실을 알았다.

"참 이럴 때는 저도 말씀드리기 죄송하지만, 받기 힘들 것 같습니다. 작정하고 사기 친 사람들은 잡아도 그 사람이 돈을 안 주면 다른 방법이 없어요. 법이 원래 정의롭지 못해요."

법으로 먹고사는 변호사 입에서 나온 법이 정의롭지 못하다는 말이 씁쓸했다. 모르는 건 아니었다. 다만 우리가 받아들이지 못하고 있었다. 법은 정의와 너무 많이 멀어져 가고 있다. 18세기 프랑스의 사상가이자 소설가인 장 자크 루소가 "법은 부자들에게는 너그럽고,

가난한 자들에게는 가혹하다."라고 했던 말이 지금 현실을 잘 표현해주고 있다.

한동안 '빚투'가 뜨거운 이슈였다. 연예인의 가족이나 친척 혹은 연예인 본인이 사기를 치거나 돈을 갚지 않는 등의 물의를 저질렀다는 의혹이 사실로 밝혀져 촉발된 일련의 사회 현상 중 하나다. 사기 친 사람들의 자녀가 연예인이 되면 받을 수 있는 걸까.

남에게 사기 쳐서 부를 축적한 사람을 피해자와 함께 똑같이 보호해주는 이상한 나라의 이상한 법을 계속 따르고 살 수밖에 없다는 사실이 너무나 가혹하다.

하루에도
몇 번씩 창밖을
바라보며

운명이
문을
두드린다

베토벤의 대표 교향곡이 무엇이냐고 물으면 아마 초등학생조차도 〈운명 교향곡〉이라고 선뜻 대답할 것이다. 베토벤 교향곡 5번, 흔히 〈운명 교향곡〉이라고 불리는 곡이다. '운명'이라는 이름의 유래는 베토벤이 한 말에서 나왔다. 베토벤의 제자가 1악장 서두의 주제는 무슨 뜻인지 물었을 때 베토벤이 "운명은 이와 같이 문을 두들긴다." 라고 말했다.

베토벤은 고통과 괴로움 속에서 풍족하게 살지 못했지만 그것을 아름다운 음악으로 승화시킨 진정한 예술가였다. 운명 교향곡을 작곡할 당시에도 큰 시련을 겪고 있었다. 30대 중반이었던 베토벤의 귀는 점점 나빠지고 있었다. 음악가에게 귀는 생명과도 같은 것인데 점점 귀가 들리지 않았고 경제적으로도 힘든 시기였다.

베토벤은 오스트리아의 수도 빈(Wien)에서 허름한 아파트에 살았는데 월세를 내지 못할 정도로 생활고에 시달렸다. 월세는 계속 밀리고 집주인은 월세를 독촉하기 위해 베토벤의 집에 찾아와 문을 두드렸다.

'똑똑똑똑, 똑똑똑똑'

베토벤은 바로 그 노크 소리에 영감을 얻어 리듬이 떠올랐고, '빠바바밤, 빠바바밤'으로 시작하는 그 위대한 명곡을 작곡하게 되었다. 하루하루 살아가는 자신의 내일을 알 수 없는 운명으로 묘사한 것이라는 이야기도 있다.

그 유명한 운명 교향곡의 도입부를 '월세, 월세'라고 해석하는 사람도 있다. 그 정도로 힘든 생활고 속에서도 베토벤의 음악에 대한 열정과 의지는 우리가 감히 상상할 수 없다. 암울한 현실을 불후의 명작으로 승화시킨 베토벤의 천재성도 결국 사소한 것을 놓치지 않은 집중력에 있었다.

베토벤에게 음악처럼, 내 마음을 설레게 하고 힘든 순간에도 앞으로 나아가게 하는 무언가가 있을까? 많은 것 같다가도 당장 하나만 말하라면 떠오르지 않는다. 그래도 괜찮다. 그것을 찾기 위해 살아야 하는 이유가 하나 더 생겼으니까.

여섯 줄의
감정

잠결에 발에 걸리는 무언가가 심하게 거슬려 일어났다. 몇 년 전 구입한 통기타였다. 아끼는 기타를 꼭 내 방에 모셔둬야 한다며 스스로 고집을 부려 한 자리 차지했다. 그때처럼 기타를 자주 연주하지 않는다. 그래도 가까이 두고 싶었다. 다른 물건은 그렇지 않은데 다른 사람이 내 악기를 만지는 것은 참을 수 없다. 그렇게 소중한 기타를 좀 예민한 날이었는지 갑자기 처분할까 하는 생각이 들었다.

평생 칠 기타라고 생각해서 고르고 골랐던 기타였고, 뜨거운 한여름에도 등에 땀이 흠뻑 젖도록 메고 다니며 기타의 매력에 푹 빠져 지냈었다. 여전히 통기타 소리는 매력적이다. 기분 좋게 만들고 감성에 젖게도 만드는 여섯 줄의 통기타 소리는 날이 밝은 낮에도, 해가 진 밤에도, 맑은 날에도, 비가 내리는 날에도 언제든 마음을 움직인다.

책장에 책이 꽉 차면서 방바닥에 책이 쌓이기 시작했고 점점 방이 좁아졌다. 편히 누워 자던 자세가 어느 순간부터 책과 기타를 피해 조금씩 몸을 움츠려야 잘 수 있었다. 정리하지 못해 갈피를 잡지 못하고 헤매는 내 마음도, 그런 내 마음 같았던 방도 정리가 필요했다. 마음을 정리하는 일보다 청소가 더 쉬울 것 같아 청소부터 시작했다. 묵은 때를 벗겨내면 마음도 좋아질 것 같은 생각이 들었다. 건넛방으로 옮길 물건과 처분해야 할 물건들로 나누기 시작했다.

기타를 잡고 어떻게 할까 고민하다가 털썩 주저앉아 오랜만에 연주를 했다. 특별히 관리를 잘해준 것도 아닌데 여섯 줄의 소리는 여전히 맑았다. 가끔 자기 자리가 아닌 듯 음이 맞지 않아 튜닝을 여러 번 하긴 했지만 매력적인 자신의 소리를 뽐내고 있었다. 그때 친구에게 연락이 왔다.

"주말인데 뭐해?"
"대청소 하고 있어. 책이랑 기타를 처분해야 하나, 어떻게든 정리가 좀 필요한 것 같아. 방에 더 이상 자리가 없어."

"다른 건 몰라도 기타를 왜 처분해? 처분하지 마. 그 기타 너랑 잘 어울리잖아."

"나랑 잘 어울려?"

"응. 둘이 얼마나 잘 어울리고 예쁜데."

사람도 아니고 악기와 잘 어울린다는 말이 묘하게 느껴지면서 이상하게 기분이 좋았다. 기타를 물끄러미 바라보았다. 마음이 힘들 때 매일 부둥켜안고 살았던 녀석, 그렇게 길들여진 덕분인지 내 품에 착 안기는 느낌이 좋은 녀석, 우울하고 기쁘고 화나는 내 감정에 맞는 소리를 내주는 녀석, 한동안 누구보다 나와 많은 교감을 나눴던 녀석, 내 마음의 울분을 토해낼 때 항상 곁에 있어 주던 녀석을 보낼 생각을 했다니 기타에게 너무 미안했다.

'이 녀석이 나랑 그렇게 잘 어울린단 말이지?'

이별할까 잠시 고민했던 기타는 지금도 내 옆자리를 차지하고 있다. 첫 만남부터 수많은 기타 중에 고민을 거듭하며 데려왔던 나의 통기타에 나만큼 잘 어울리는 사람은 없다.

기타를 볼 때마다 누군가 내게 말하는 것 같다.

"너랑 잘 어울려."

멋대로 가지고 놀아도 내 마음을 읽어주는 고마운 친구가 되어준 녀석을 다른 곳으로 보내지 않을 생각이다. 앞으로도 함께 지내며 더 많이 안아주고 이 녀석의 소리에 세심하게 귀 기울여주기로 했다.

바다가
하늘보다 넓은
이유

경험의 폭이 넓지 못한 탓에 어딘가를 가고 싶어도 생각나는 곳이 별로 없다. 휴식이 필요할 때도 바다, 놀러 가고 싶을 때도 바다, 시원한 바람이 그리울 때도 바다, 결국 어떤 상황이든 바다를 보러 간다.

요즘 들어 누군가와 대화를 하게 되면 여행 가고 싶다는 말이 빠지지 않는다. 그만큼 지금의 삶에 지쳤다는 뜻일 텐데 그 지친 마음을 어딘가로 떠나고 싶다는 말로 표현할 뿐이다.

프리랜서의 삶도 늘 반복되는 일상이다. 가끔 내 안에서 뭔가 나오지 않을 때 답답함을 느껴 어디든 훌쩍 떠나고 싶다. 여전히 이런저런 이유로 화끈하게 행동으로 옮기지는 못한다. 할 얘기도 없는 친구와 무의미하게 시간을 보내다가 바다 보러 가고 싶다고 말했다. 바다에 대한 감흥이 별로 없던 친구는 내게

"바다를 수백 번, 수천 번 봤으면서 그래도 바다가 좋아? 별거 없잖아."라고 했다.

내가 너랑 무슨 얘길 하냐는 듯 한숨으로 대답을 대신했다.

바다가 좋은 이유를 말하자면 끝도 없지만 애초에 바다에 대한 애정이 없는 사람에게 구구절절 말할 필요를 느끼지 못했다. 요즘은 그런 일들이 쓸데없이 에너지 소비하는 일처럼 느껴진다.

세상에 바다만큼 아무 조건 없이 모든 것을 내어주는 것이 또 있을까. 나는 아직 바다 말고는 그런 곳을 알지 못한다. 그래서 늘 바다를 찾나 보다. 이유 없이 나를 반겨주고 맞아주는 바다가 있어 정말 다행이다. 성난 파도로 날 꾸짖을 때도 있고 잔잔한 미소로 편안함을 주기도 한다. 때론 힘든 인생을 돌아보게 만드는 바다만의 분위기가 좋다.

해는 노랗게, 빨갛게 바다는 잔잔하게 물들어가는 걸 보면 왠지 마

음이 뭉클해진다. 바다가 좋은 건 이 모든 변화를 모두 담아주기 때문
이다. 하늘이나 바다나 그게 그거인 것 같다는 친구에게 이 도시에서
하늘만 올려 볼 때와 바다와 함께 하늘을 볼 때의 느낌을 상상해보라
고 했다. 하늘, 해, 별, 달, 바람, 모래, 어떤 자연도 바다와 함께일 때는
다르다. 바다가 모든 것을 품어주기 때문에. 그래서 나는 아무런 근거
없이 바다가 하늘보다 넓다고 주장한다. 바다 앞에 앉아 이유 없이 벅
찬 감정을 느꼈던 순간들이 그립다.

기다림에
익숙해지는 일

우리는 일상 속에서 일인다역으로 살아가고 있다. 나이가 들면서 불리는 이름은 많아지고 오롯이 '나'로 살기는 힘들어진다. 누군가의 딸, 동생, 직함으로 불릴 때가 많다. 점점 시간이 흐르면 누군가의 아내, 며느리, 엄마라는 이름까지 생길 것이다.

내 이름을 잠시 잊고 나의 여러 역할에 충실해야 할 때가 있다. 몇 년 전부터 내게는 '보호자님'이라는 새로운 이름이 생겼다. 아빠가 간암 수술을 하시면서 생긴 나의 역할이자 이름이다. 지금도 통원치료를 위해 병원을 찾으면 '조연주'로 불리지 않는다. 나는 그저 '○○○ 환자의 보호자'일 뿐이다.

　보호자는 기다림에 익숙해져야 한다. 모든 일이 기다림에서 시작해서 기다림으로 끝난다. 병원에 도착하면 기본적으로 접수를 하고 대기한다. 아빠가 검사와 진료를 받기 위해 여기저기 이동할 때마다 함께 움직이며 대기하는 의자에 앉아 기다려야 한다. 언제 무슨 이유로 보호자를 찾을지 모르니 자리를 비울 수도 없다. 누군가 '○○○ 환자 보호자분'이라고 부를 때까지 대답할 일도 없다. 그렇게 오랜 시간 차갑고 불편한 병원 의자에 앉아 있다 보면 나 역시 누군가에게 보호받고 싶을 때가 있다.

　우울증으로 병원을 찾는 사람들이 많아지고 있다던데 나는 병원만 오면 마음이 우울하고 가라앉는다. 왠지 삶과 죽음에 대해 진지하게 생각해야 할 것 같고, 병원 특유의 냄새와 분위기가 편하지만은 않다.

　진료가 끝나도 담당 교수님을 만나기 위해 또 기다린다. 다음 진료일을 예약하고 병원을 나서면 끝인 것 같지만 약을 타기 위해 약국을 가야 한다. 이미 약국에는 많은 사람들로 붐비고 기다리는 동안 드시라며 비타민 음료를 하나씩 내주신다. 약을 받고 집에 오면 진짜 끝인 줄 알지만 보험 회사에 청구할 서류를 작성하고 팩스를 보내야 한다. 이 모든 행위들이 '보호자'라는 사람이 해야 하는 일이다.

'보호자'가 되면 그 과정에서 배우는 점이 많아 성장할 수밖에 없다. 기다림과 경청, 그리고 책임감은 보호자가 갖추어야 할 덕목이다. 의사와 약사가 하는 말을 잘 듣고 기억해야 하기에 상대가 하는 말을 허투루 들을 수 없다. 대충 흘려들었다가 내가 제대로 돌보지 못해 상태가 악화될 수도 있으니 환자보다도 유의사항을 잘 기억해야 한다. 그런 사소한 부분들까지 케어하며 책임감이 생긴다.

보호자는 삶의 무게를 혼자 견디고 감추어야 할 때가 많다. 자칫 힘든 기색을 내보이면 환자는 미안한 마음에 편히 쉬지 못한다. 환자를 보호하는 보호자뿐 아니라 누군가를 책임지고 보호하는 일 속에서 인간은 다양한 감정을 느끼며 성장한다.

그렇게
봄이어라

출판사와의 미팅이 있어 홍대로 가는 지하철을 탔다. 평일 낮에는 사람이 많지도 적지도 않아서 모든 지하철 승객들이 자리에 앉을 수 있었다. 내 옆자리에는 초췌한 모습의 청년이 꾸벅꾸벅 졸고 있었다. 시험을 준비하는 공시생 같은 느낌이었다. 간혹 내 어깨를 머리로 툭툭 건드리기도 했다. 신경이 쓰이긴 해도 마땅히 다른 자리로 옮길만한 곳도 없었고 큰 방해가 되는 건 아니었기에 참았다. 무엇보다 청년의 모습을 보고 있으니 안쓰러운 마음에 어깨라도 내주고 싶었다.

그렇게 한참 졸던 청년이 갑자기 소스라치게 놀라며 잠에서 깼다. 내릴 역이 다가온 건지 부랴부랴 가방과 짐을 챙겼다. 책이 잔뜩 든 책가방의 한쪽 끈만 어깨에 멘 채로 자리에서 일어섰다. 책가방의 나머지 한쪽 끈을 매려고 팔을 집어넣는데 계속 허공에 팔을 집어넣고 있었다. 바로 눈앞에 보이는 청년의 헛손질을 모른 척, 안 보이는 척, 할 수가 없어 도와주려고 가방끈을 잡았다.

그 순간 동시에 옆에 아주머니도 청년의 가방끈을 잡아주셨다. 나와 눈이 마주친 아주머니는 웃으시며 바로 청년의 팔을 잡아 가방끈을 제대로 멜 수 있도록 도와주셨다.

"어휴. 많이 피곤해 보이네."

청년의 엄마뻘 정도로 보이는 아주머니는 아들을 바라보듯 속상해하셨다. 멋쩍었는지 청년이 몸을 살짝 반만 돌아 "감사합니다."하고는 지하철에서 내렸다.

앞이 보이지 않는 긴 터널을 지나고 있을지도 모르는 청년에게 나와 아주머니의 작지만 따뜻한 온기가 전해졌길 바랐다. 힘든 나날이 계속된다고 해도 어디선가 오늘처럼 작은 도움의 손길이 나타날 거라고, 곧 당신도 인생에서 따뜻하고 화사한 봄을 만날 거라고 응원을 보냈다.

청년을 향해 열려있는 많은 문 앞에서 예전의 나처럼 걱정만 하다 그 문을 열어보지도 못한 채 놓치지 않기를, 닫힌 문 앞에서 주저앉아 있지만 말고 또 다른 문을 향해 자신 있게 나아갈 수 있기를 바란다. 오늘 하루는 분명 어제보다 나을 거니까.

하루에도 몇 번씩 너를 응원해

111

스마일
버스

주말 오후 버스를 탔다. 한적한 버스는 시원하고 편하고, 무엇보다 내가 운전을 안 해도 되니 이보다 더 좋을 수 없었다. 가끔은 직접 운전하며 드라이브를 하고 싶을 때도 있지만 높은 버스에 올라탔을 때는 누군가 운전해주는 일이 참으로 감사하다. 버스 창문을 슬쩍 열고 깊이 숨을 들이쉬고 내쉬며 푸르름을 느낄 수 있는 여유도 좋다.

버스 라디오에서는 90년대 가요가 흘러나왔고, 차도 막힘없이 달리고 있었다. 음악이 있고 시원한 바람이 있고 시시각각 변하는 창밖의 풍경도 있으니 이번 주말은 이걸로 충분했다.

그때 버스는 다른 승객들을 태우기 위해 정류장에 멈췄다. 두 명의 아저씨가 등산복 차림으로 버스에 올라타셨다. 한 분은 카드를 찍지 않고 그냥 들어갔고 뒤에 타신 아저씨가 카드를 찍었다. 그런데 무슨 문제가 있는 건지 다짜고짜 카드를 찍은 아저씨가 소리를 지르며 버스 기사님께 욕을 했다. 글로는 쓸 수 없는 다채롭고 창의적인 욕을 쉴 없이 내뱉은 아저씨는 술을 많이 드신 듯했다.

왜 환승이 되지 않냐고 따지셨는데, 전에 탄 버스에서 두 명이 한 번에 카드를 찍었으면 환승 할 때도 두 명이라고 말을 해야 환승이 되는 걸 모르셨던 것 같다. 어렵고 정신없게 만들어놨다며 기사님께 욕을 하는데 버스에 타고 있던 승객들까지 불쾌하고 불안해했다. 아저씨는 앞뒤 없이 무조건 환승으로 다시 찍으라고 소리를 질렀다.

승객들과 달리 기사님은 끝까지 미소를 잃지 않고 천천히 몇 번이나 같은 설명을 반복했다. 역시 미소의 힘은 강력하다. 버스가 울리도록 욕을 하던 아저씨도 앞자리에 앉아 기사님과 대화를 나눴고, 무슨 얘기를 나누는지 몰라도 아저씨는 어느새 웃고 계셨다.

미소가 다른 사람들에게 미치는 긍정적인 효과는 인사할 때, 화가 난 사람을 다독일 때, 격려를 보낼 때, 말없이 우리의 감정을 전달하는 것이다. 때로는 사진 속에 담긴 아이의 귀여운 미소를 바라보기만 해도 입가에 미소가 번진다.

　누군가가 우리에게 지어 주는 따뜻한 미소는 우리가 마음을 편안하게 갖고 좌절감이나 어려운 문제들을 잘 대처하는 데 도움이 된다. 거친 욕을 하던 아저씨를 조용히 미소로 제압한 기사님을 보며 '따뜻한 미소가 전하는 위대한 힘'이 얼마나 강력한지 알게 되었다. 습관이 되지 않아 얼굴 근육이 바르르 떨리지만 미소 짓는 연습을 해야겠다. 미소만큼 값진 선물도 없으니 말이다.

인생은
칸타빌레

몇 권의 책을 내고 한 인터넷 신문사와 인터뷰를 한 경험이 있다. 이런저런 질문과 답변이 오가다가 마지막 질문으로

"앞으로 어떤 글을 쓰고 싶으세요?"라고 물어보셨다.

무난하게 남들처럼 대답하고 마무리했지만 사실 하고 싶었던 대답은 따로 있었다.

'노래하듯이' 읽히는 글을 쓰고 싶다. 적당한 리듬감이 느껴지고, 자연스럽게 흘러가면서 편하게 읽히고, 모두 드러내지 않아도 마음으로 느껴지는 노래 가사 같은 글.

예를 들면 싱어송라이터 이적의 <다행이다>는 '사랑'이라는 말이 한 번도 나오지 않아도 최고의 러브송이자 결혼축가곡으로 꼽힌다. '그대의 머릿결을 만질 수가 있어서' 다행이라니 무슨 말이 더 필요할까. 그렇게 사람 마음을 만지고 움직이는 글을 쓰고 싶다.

노래하듯 이야기하고 노래하듯 글을 쓸 수 있다면 삶에 막힘이 없을 것 같은데, 노래 한 곡 부르기도 쉽지 않은 일상이다.

우연한 기회에 월간 교양지 <샘터>에 내 글이 실리게 되었고, 편집부에서 프로필을 요청해서 보내드렸다. 뭔가 부족했는지 얼마 후 전화가 왔다. 프로필에 실을 만한 내용을 선택하려는지 미니인터뷰처럼 이것저것 물으셨다. 어느 정도 얘기를 나누고 전화를 끊으려고 할 때,

"작가님, 혹시 삶의 모토, 좌우명 있으세요?"라고 물으셨다.

갑자기 들어 온 질문에 아무 대답도 하지 못했다. 생각나는 게 있으면 정리해서 보내달라는 말과 함께 통화는 끝났다. 성인이 되고 '먹고 사는 일'로 많은 시간을 보내다 보니 '삶의 모토'를 생각해 볼 겨를도,

물어보는 사람도 없었다. 그동안은 생각하는 대로 살지 못하고 사는 대로 생각했다. 그래서 사소한 부분을 많이 놓치고 살았다.

백지 한 장을 꺼내 반나절 동안 모든 생각을 쏟아내며 메모를 했다. 일명 '나의 좌우명을 찾아라'였다. 그렇게 수없이 끄적인 끝에 내 삶의 모토를 찾았다.

인생은 칸타빌레, 노래하듯이!!

두 배의
감정

어릴 때부터 몸을 쓰는 것보다 가만히 앉아 음악을 듣거나 글 쓰는 것을 좋아했다. 바다를 좋아하지만 바라보기만 했다. 아무리 같이 놀자며 끌고 들어가려고 해도 뿌리쳤다. 사람들이 날 보며 도대체 무슨 재미로 사냐고 물었다. 나름대로 나만의 재미가 있는데 보는 사람은 답답해한다. 재밌는 게 있다며 여러 가지 제안을 받아도 대부분 거절했다. 나에게는 세상 사람들이 즐거워하는 유흥이나 오락이 가장 피곤한 일이다.

아무리 거절을 당해도 끝내 자신의 목적을 달성하는 막무가내인 사람들이 있다. 기필코 내가 너를 바꾸고 말겠다는 이상한 오기로 밀어붙이는 사람들이다. 내 오랜 친구 중 한 명이 그렇다. 세상에 재밌는 게 얼마나 많은지 하나씩 알려주겠다며 끈질기게 연락해서 나를 불러내고 새로운 곳에 데리고 다녔다.

밥을 먹은 후, 가볍게 몸을 풀어야 한다고 볼링장에 갔을 때였다. 태어나서 볼링장에 처음 가봤다. 무거운 공을 그럴듯한 포즈로 던진다는 것이 생각보다 어려웠다. 두 손으로 내던지고 삐끗해서 놓치고 계속된 실패였다. 부끄러운 건 둘째 치고 힘들기만 해서 재미를 느끼지 못했다.

음료수를 마시며 잠시 휴식을 취하고 있었다. 옆 레인에 우리와 비슷한 또래의 여자 4명이 볼링을 치기 시작했다. 군더더기 없이 각 잡힌 포즈로 장갑을 끼고 불필요한 말은 하지 않았다. 각자 볼링을 치기 위한 준비에만 몰두했다. 프로의 느낌이 물씬 풍겼다. 스트라이크가 나오면 서로 하이파이브를 했다. 어느새 넋 놓고 그녀들의 경기를 지켜보고 있었다. 그러다 문득 우리는 왜 이러고 있을까 하는 생각이 들었다.

그녀들이 볼링 치는 모습은 깔끔하고 쉬워 보였다. 나도 할 수 있을 것 같았다. 우리도 다시 볼링을 쳤다. 몸과 마음은 따로 놀았지만 땀이

맺힐 만큼 쉬지 않고 볼링에 몰두했다. 이제는 친구가 잠시 쉬려고 해도 내가 쉬지 못하게 했다. 옆 레인에 있는 그녀들처럼 멋지게 할 수 있을 때까지 절대 쉴 수 없다고 말했다. 그저 즐거운 취미 하나 만들어 주려고 나를 볼링장에 데려갔던 친구는 갑자기 돌변한 내 모습에 적잖이 당황하며 걱정했다. 그러거나 말거나 나는 소리쳤다.

"야, 빨리 쳐. 쉬지 마. 우리가 지금 쉴 때가 아니야. 빨리빨리 움직여."

볼링은 이렇게 하는 게 아니라고 말하는 친구의 말도 귀에 들어오지 않았다. 옆 레인의 그녀들이 떠났다. 친구와 한 마디도 나누지 않고 이성을 잃은 채 볼링을 쳤다. 결국 친구가 먼저 지쳤다.

"우리 이제 진짜 그만하자. 집에 가야지. 너무 늦었어."

그제야 시계를 봤다. 밤 11시 반이 지나고 있었다. 평소 집에만 틀어박혀 있던 딸이 아무 연락도 없이 늦은 시간까지 집에 오지 않아 걱정하셨던 아빠의 부재중 전화가 수 십 통 와 있었다. 정신이 돌아와 부랴부랴 가방을 챙겨 밖으로 나왔다. 지하철을 타고 버스를 환승해서 집에 가면 한 시간은 걸리는데 택시를 타면 20분이었다. 모르는 사람이 운전하는 차를 탄다는 것은 어느 정도 위험에 노출되는 일이라는 생각 때문에 평소 택시를 타지 않지만, 친구가 너무 늦었고 둘이 함께 타니까 오늘만 택시를 타자고 나를 설득했다.

큰 길로 나가 택시를 잡았다. 그런데 목적지를 말하면 모두 승차를 거부하고 가버렸다. 도대체 왜 거부를 하는지 알 수가 없어 계속 오는 택시를 잡고 말했다.

"기사님, 남양주요."
"안 가요."

그러곤 떠나려는 택시를 다시 잡아 물었다.

"왜요? 왜 남양주는 전부 안 가요? 이유가 뭐예요?"

다급해진 내가 따지듯 물었다.

"이 시간에 경기도는 안 가요."

계속된 승차 거부에 지쳐 벤치에 앉았다. 이게 뭐라고 또 승부욕이 발동했다. 우리는 불현듯 중학교 때 좋아하는 가수의 콘서트에 갔다가 차가 끊겨 택시를 잡았던 방법이 생각났다. 친구와 눈빛만 봐도 서로 그 방법을 써야 할 때임을 알았다. 나는 다시 걸어 나가 택시를 잡았다.

"택시!!"

창문이 열리고 뒤에서 친구가 큰 소리로 말했다.

"남양주, 따블이요!!"

이래도 안가? 라는 마음으로 당당하게 말했다.

결과는 당연히 성공!!!

시원한 밤공기를 맞으며 택시의 질주가 시작됐다. 까만 서울의 밤을 빛내주던 반짝거리는 한강의 불빛을 바라보며 어린 나이에 터득했던 자본주의 체제가 여전함을 느꼈다. 우리는 두 배로 빠르게 집에 도착했고, 두 배로 허무했다.

웃어주고
울어주는
사람

　우리 속담에 "돈을 주면 뱃속의 아이도 기어 나온다.", "돈이 양반이다."라는 말이 있다. 자본주의 사회는 문자 그대로 '돈'이 위력을 발휘하는 사회다. 이제 자본주의에 대해서는 말하면 입만 아플 지경이다.

　몇 년 전, 한 TV 프로그램에서 어린이들을 게스트로 앉혀놓고 토크를 했다. 둘 중 한 가지를 선택해야 하는 질문이 나왔다. 부자지만 나쁜 부모님과 가난하지만 가정적인 부모님 중에서 선택해야 했는데 아이들은 한 치의 망설임도 없이 부자 부모님을 선택했다. 돈 없으면 조그만 집에서 살아야 되는데 콧구멍 같은 집에서 살기 싫다는 게 이유였다. 또 다른 아이도 부자 부모님을 선택했다. 돈이 있어야 좋은 추억을 쌓을 수 있다고 대답했다. 꼭 돈이 있어야 좋은 추억을 쌓을 수 있냐고 묻는 어른들의 질문에 가정생활에 여러 가지 지출이 있는데 가난하면 아무리 가정적이라고 해도 나쁜 추억만 쌓게 될 거라고 말했다.

잘 사는 사람은 좋은 사람 되기 쉽다던 드라마의 대사처럼, 부모도 잘 사는 부모가 좋은 부모 되기 쉬운 걸까.

나도 모르게 미간을 찌푸리며 보다가 저런 말을 정말 아이들이 했는지, 자극적인 방송을 위해 아이들에게 대본을 준 건 아닌지 의심되기 시작했다. 정말 저런다고?

자본주의 세상을 바라보는 아이들의 관점이 어쩌면 어른들보다 더 현실적일지도 모른다. 안타까운 현실이지만 틀렸다고 말할 수도 없는 노릇이다. 절대 돈이 인생의 전부가 아니라고 말하고 싶어도 자본주의의 달콤함과 씁쓸함은 숨길 수가 없다. 통장 잔고 금액에 따라 감정 기복이 심하게 요동치는 나라는 인간도 별반 다르지 않다.

빵집 앞에 두 가족이 있었다. 한쪽은 엄마와 딸, 또 다른 한쪽은 엄마와 아들. 자녀들이 대 여섯 살 정도로 비슷한 또래처럼 보였다. 곧 택시가 오자 한쪽 엄마가 딸의 손을 잡고 택시를 탔다. 그 뒤로 빈 택시가 아무리 앞에 와서 정차해도 남아있던 다른 한쪽 엄마와 아들은 타지 않았다. 택시가 아니라 버스를 기다리는 것 같았다. 그때 아들이 엄마에게 물었다.

"엄마, 우리도 택시 타면 안 돼?"
"조금만 기다려. 곧 버스 오니까."
"왜? 우리는 돈이 없어서?"

살짝 당황한 듯 보였지만 으레 부모들이 그렇듯 귀찮아하며 말했다.

"시끄러워. 버스 타면 금방인데 무슨 택시야."

TV에 나와서 부자 부모가 좋다던 아이들의 발언은 누군가 만들어 준 대사가 아닌, 진짜 진심이었을 거라는 생각이 들었다. 요즘 사회는 돈 있고, 힘 있고, 능력 있는 부모와 그렇지 못한 부모 사이에서 태어난 사람들의 미래가 이미 결정되어있는 것처럼 말한다. 부모는 오로지 경제력만으로 좋은 부모가 될 수 있는 게 아니다. 부모는 돈 있고, 힘 있고 능력 있는 사람이 아니라, 언제 어디서든 자식을 위해 웃어주고, 울어주는 사람이다.

좋은 사람이 되려면 잘 사는 사람이 되기 위해 노력하면 되는지 모르겠지만, 좋은 부모가 되려면 잘 사는 사람으로는 부족하다. 자식 때문에 어떤 수모를 겪어도 견디고 감당해주는 사람, 자신의 눈물로 자식을 키우는 사람이 진짜 부모다.

눈빛
때문에

TV를 즐겨보지 않는 탓에 사람들의 이야기에 잘 끼지 못할 때가 많다. 작년 한 해 주변 사람들에게서 가장 많이 들었던 드라마는 이선균, 이지은(아이유)주연의 <나의 아저씨>였다. 삶의 무게를 버티며 살아가는 아저씨 삼형제와 거칠게 살아온 한 여성이 서로를 통해 삶을 치유하게 된다는 짧은 소개로는 단번에 이해되진 않았지만 흔한 사랑 드라마는 아닌 것 같았다. 하지만 드라마가 방영되는 동안 한 번도 보지 않았다. 본능적으로 뭔지 모를 두려움이 느껴졌다.

드라마가 종영된 지 7개월이 지난 연말에 다시보기로 몰아보기 시작했다. 아픔이 있는 사람은 아픔이 있는 사람을 알아본다는 말처럼, 주인공 '이지안'에게서 나의 20대가 보였다. 어쩌면 본능적으로 느낀 나의 두려움이 그것이었는지도 모른다. 아무 감정, 표정도 없이 돈만 벌며 살아가는 지안은 다시 생각하고 싶지 않던 나의 20대를 고스란히 보여주고 있었다.

그때 나는 누구의 도움 없이 홀로 세상과 맞서야 했고 지독하게 외로웠다. 아빠를 가장 많이 원망하던 시절이었다. 학비, 용돈을 모두 스스로 해결하며 집에 생활비까지 갖다 줘야만 했다. '돈 되는 일이라면 뭐든지 한다.'는 지안의 말이 내가 20대 때 입에 달고 살았던 말이었다. 환경에 내 욕심까지 더해져 몸이 부서져라 일을 했다. 투잡, 쓰리잡은 기본이고 숱하게 많은 아르바이트를 하며 살았다. 정식으로 취업을 하고 안정적인 연봉을 받으며 살게 됐어도 생활은 나아지지 않았다.

드라마 속 이지안이 직장상사인 박동훈에게 "저 왜 뽑았어요?"라고 물었을 때, 박동훈은 이지안이 이력서에 특기로 쓴 '달리기'때문이었다고 말했다. 다들 비슷한 특기로 가득 차 있던 이력서 중에서 '달리기'라고 쓴 이력서가 박동훈의 마음을 움직인 것이다.

나도 똑같은 말을 한 적이 있었다. 취업하고 인턴 기간, 적응 기간을 보내고 나니 금세 1년이 흘러 직장생활의 첫 송년회 자리였다. 선배와 회식 장소로 이동하며 대화를 나눴다.

"생각해보면 제가 어떻게 이 회사에 합격했는지 모르겠어요."
"몰랐어? 너하고 동점자가 있었는데, 부장님이 적극적으로 밀어붙이셨잖아. 그래서 우리는 부장님하고 아는 사이인가 했어. 지금도 부장님이 너 엄청 예뻐하시잖아."

1년이 되도록 몰랐던 사실이었다. 걸어가는 동안 부장님이 내게 베풀어주셨던 일들이 떠올랐다. 왜 그러셨는지 알아야 했다. 알고 싶었다.

"부장님이 저 뽑으셨다고 들었는데요. 저 왜 뽑으셨어요?"

부장님의 답변은 단호했다.

"눈빛 때문에."
"눈빛이요?"
"응. 당장 일을 낼 것 같은 기세로 날 쳐다보더라고. 뭐라도 할 것 같고, 똘똘해 보여서 마음에 들었어. 눈빛은 거짓말을 못 하거든."

세상을 향한 불만과 불신으로 가득 차 있던 그때의 나는, 내 안에 꾹꾹 눌러놓았던 모든 감정을 눈빛에 담고 살았다. 그 당시 어떤 사람은 내 눈빛에 살기가 느껴져 무섭다고 했고, 또 어떤 사람은 항상

울 것 같은 눈빛이 슬퍼 보여 불안하다고 했다. 독기를 품고 버티면서 한 번씩 무너져 내렸던 나를, 사람들은 눈빛으로 알았다. 감추려고 해도 눈은 말하고 있었다. 지금의 나는 어떤 눈빛으로 세상을 바라보고 있을까.

나를 지키고
너를 이해하기 위해

너의 전부를
이해하는 사람은
없어

독일의 대표 여성 작가 루이제 린저는 《삶의 한 가운데》에서 '여자 형제들은 서로에 대해 모든 것을 알고 있든지 혹은 아무 것도 모르고 있든지 둘 중 하나다.'라고 했다. 이 말은 다른 관계에서도 마찬가지다. 누군가에 대해 모든 것을 알고 있다고 생각하는 건 자만이다. 서로에 대해 모든 것을 알고 있다고 생각했는데 어느 순간 알고 있는 게 아무것도 없는 것 같은 기분, 충분히 느껴봤을 감정이다.

나는 너무 힘들어서 버틸 힘도 없는데 믿고 친했던 친구가 나를 위로해주기 보다 내게 아무 관심도 없는 듯 즐거워 보일 때가 있었다. 내가 힘들다고 가까운 주변 사람들까지 같이 힘들어야 하는 건 아니다. 그럼에도 서운한 감정이 올라왔다. 내가 힘드니 내 마음 좀 이해해 달라고 했다. 이기적이라고 해도 그때는 누군가 나를 이해해주는 사람이 있다는 것으로 위로 받고 싶었다.

"나는 네가 아니라서 이해할 수가 없어. 세상 어디에도 너의 전부를 이해하는 사람은 없어. 단지 이해해주려고 노력해줄 뿐이지."

당시에는 모진 말이라고 생각했다. 더욱 혼란스러워진 감정들을 정리할 시간이 필요해서 친구에게 더 이상 연락하지 않았다. 어른스럽지 못하고 못났다는 걸 알면서도 내 마음이 그렇게 움직였다.

계절이 한 번 바뀌고 만난 친구는 이미 털어낸 내 지난 일들을 걱정하고 있었다. 그 일에 대해 잊고 지냈을 거라고 생각했다.

"내가 견뎌 줄 수 없는 일이고 아무리 힘들다고 해도 네가 견디고 싶어 하는 것 같아서 그냥 뒀어. 얼마나 새까맣게 속이 탈까 싶어서 지켜보는 것도 편하지만은 않았지만 좀 나아지면 연락하겠지 싶어서 기다렸는데 연락도 없더라."

내 걱정은 안 하고 잘 살고 있을 거라고 생각했는데 상대의 감정이

'어떨 것이다'라고 단정 짓는 건 굉장히 위험한 일이라는 걸 알았다. 어쩌면 친구보다 내가 친구를 더 이해하지 못하고 있었을지도 모른다.

　미안함과 고마움, 두 가지 감정이 같이 들었다. 그러지 않으려고 하지만 힘든 순간에 몰리면 봐야 할 것을 보지 못하고, 마음 꽉 닫고 눈 꼭 감고 안 보고 살게 된다. 날 대하는 마음들을 솔직하고 투명하게 보지 못하고 더 깊숙이 혼자만의 세계로 들어간다. 내 모든 것을 이해해주는 사람은 없지만 이해해주려고 노력해주는 사람들이 있다는 것, 그것만큼은 순수하게 받아들이기로 했다.

한 걸음
안으로
물러나 주세요

"15번 버스가 잠시 후 도착합니다. 위험하오니 한 걸음 안으로 물러나 주세요."

버스정류장에 앉아 버스를 기다리고 있을 때 들려오던 소리였다.

"참 친절하네."

삶의 모든 순간마다 이토록 친절하게 예고를 들을 수 있다면 얼마나 좋을까.

작년에 많은 국민들의 공분을 샀던 춘천 예비신부 살인사건의 피해자는 아빠 친구 분의 조카였다. 이제 막 사회에서 걸음마를 시작하고 더 넓은 세계를 경험하기 위해 첫발을 뗀 앳된 청춘이었다. 피의자 A 씨는 경찰 조사에서 "결혼 준비를 하면서 신혼집 장만 등 혼수 문제로 다툼이 있었다."라며 감정이 격해져 우발적으로 살해했다고 범행 일체를 자백했다. 하지만 피해자 어머니는 혼수 문제는 언급조차 된 적이 없었다며 주도면밀하게 계획된 살인사건이라고 말했다.

사건 당일 아침 피의자 A 씨는 갑자기 "원하는 대로 다 해줄 테니 일단 와서 얘기하자."라며 퇴근 후 춘천으로 오라고 요구했다. 피해자는 사정이 있다며 거절했지만 끈질긴 요구를 뿌리치지 못해 얼굴만 보고 오겠다는 말을 남기고 춘천으로 향했다. 그리고 본인의 의지와는 상관없이 그곳에서 세상과 작별했다. 무슨 일이 있었는지는 이제 피의자만 알고 있다. 죽은 자는 말이 없다.

피의자는 사랑해서 그랬다는 말도 남겼다. 하지만 '사랑'은 어떤 이유에서든 변명이 될 수 없다. 피의자의 감정이 정말 사랑이었다고 해도 삐뚤어진 잘못된 사랑이다. 사랑이라는 이름으로 행해지는 폭력이 점점 잔혹해지고 있다. 금지옥엽으로 키운 자식을 참혹하게 훼손된 시신으로 만나는 부모의 마음은 누구도 헤아려 줄 수 없다.

살인·강도·절도·폭력 등 4대 범죄사건 3건 중 1건 이상이 우발적 범죄라고 한다. 정말 '욱'하는 대한민국이다. 우발적 범죄는 순간의 감정을 통제하지 못하고 충동적으로 저지르기 때문에 미리 예방하기 쉽지 않다.

"지금 상대방의 감정이 불안합니다. 위험하오니 한 걸음 물러나 주세요."

감정도 예고가 있다면 잔혹한 범죄가 줄어들 수 있을까. 그 감정의 위험도를 미리 알고 올라탈지 말지 선택할 수 있다면 피의자들의 단골 멘트인 우발적인 범행을 아주 조금은 막을 수 있을지도 모르겠다. 한 사람이 저지르는 우발적인 범죄로 인해 많은 국민들은 불쾌감과 분노를 느끼지만 누구도 그 감정을 책임져 줄 수 없다. 불안감을 안고 살아갈 뿐이다.

너도나도 딱 한 걸음만 잠시 물러나서 욱하는 순간을 넘길 수 있다면 억울한 감정의 피해자가 조금은 줄어들 수도 있을 텐데, 감정을 알아차리고 한 걸음 물러서는 것이 쉽지 않다.

혼자서도
할 수 있지만

　치마를 좋아하는 개인적인 취향 때문이기도 하고 바지가 어울리지 않아서 입지 않는다. 내 방에 걸린 옷을 본 사람들은 하나같이 같은 말을 한다.

　"아니, 무슨 옷이 사계절 전부 원피스 밖에 없어?"

　원피스만큼 편하고 예쁜 옷이 없다. 위아래 옷을 맞춰야 할 고민도 덜어주고 체형 커버도 되면서 여성스러운 옷으로는 원피스가 최고다.

이렇게 좋은 원피스의 단점을 꼽으라면 딱 한 가지, 거의 모든 옷의 지퍼가 뒤에 있는 것이다. 혼자여서 힘든 점은 원피스 지퍼를 올릴 때다. 입었을 때의 아름다움과는 달리 입는 모습은 그리 아름답지 못하다.

아무리 힘들고 외로워도 결혼을 빨리하고 싶다는 생각을 한 적이 없는데 원피스 지퍼 때문에 아주 잠깐 결혼을 생각해 본 적이 있다. 뒤에 지퍼 달린 원피스는 누가 올려주는 게 가장 쉬운 방법이다. 그걸 아빠가 해주실 수도 없고 그만한 일로 누군가를 집에 부를 수도 없다. 그럴 때 집에서 매일 원피스 지퍼를 올려줄 수 있는 사람은 남편밖에 없다.

그렇다고 혼자 못 입는 건 아니다. 할 수는 있다. 한 손으로 올리고, 다른 손으로 받아서 올리면 된다. 한 번에 잘 되는 원피스도 있고 유난히 힘든 옷도 있다. 그럴 땐 깡충 뛰기도 하고 오랫동안 혼자 낑낑대다 팔이 저리기도 한다. 점점 유연성이 떨어지는지 가끔은 너무 힘을 줘서 목이나 어깨에 담이 올 때도 있다. 그럴 땐 잠시 쉬었다 다시 도전하는데 그러고 나면 외출하기도 전에 진이 빠진다.

혼자서도 할 수 있지만 분명 누군가 함께 해주면 더 편하고 좋은 일이 있다. 피로가 쌓인 몸을 구석구석 꾹꾹 눌러줬으면 싶을 때, 생각과 감정을 간직하고 싶은 마음을 넘어 누군가와 함께 나누고 싶을 때, 혼자보다는 함께가 좋다. 인간은 마음의 대화 없이는 살아갈 수 없다. 힘들고 어려운 과정을 이겨내기 위해 필요한 건 단단한 마음이라지만 아무리 마음관리를 한다고 해도 지지해주는 사람이 있는 것과 없는 것은 확연히 다르다.

혼자 온몸을 비비 꼬며 원피스 지퍼를 올려야 하는 사람에게 필요한 건 아주 친밀한 관계에서 얻을 수 있는 지지다. 가까이에서 나의 삶을 지켜보고 나눌 수 있는 관계, 삶에서 추구하는 가치관을 맞춰나가야 하는 관계다. 그러니 원피스 지퍼를 올려주는 사람 한 명 구하는 것도 쉽게 결정할 수가 없다.

우리가
싸우는
이유

　태어나서 고향을 한 번도 떠나지 않고 살고 있다. 작정하고 한 일은 아니지만 자연스럽고 당연하게 여겼다. 그러다 보니 어느 순간 떠나는 사람들의 모습만 보게 됐다. 하나둘 이런저런 이유로 동네를 떠나고 이제는 남아있는 친구가 많지 않다. 동네를 떠났던 친구 중 한 명이 오랜 시간 동안 다른 곳에 살다가 다시 동네로 이사 왔다. 한동안 떠나는 사람들만 보며 살았는데 다시 돌아오는 친구를 맞이하는 기분이 묘하게 설레었다.

그사이 결혼을 하고 부모님이 아닌 남편과 함께 고향으로 돌아온 친구는 한결 안정적이면서도 어른스런 모습이었다. 각자 달라진 삶과 그동안의 시간에 대해 얘기를 나눴다. 내 앞에 앉아있는 사람은 예전에 4차원이라 불렸던 소녀가 아니었다. 누구보다 결혼과 인생에 대해 진지한 이야기를 이어갔다.

　아직 아이가 없는 친구 부부는 여전히 신혼 같았다. 하지만 부부가 안 싸우고 살 수는 없다. 친구가 남편과 서로를 이해하고 서로에게 맞춰가는 시간을 가지며 성장한 이야기는 나에겐 분명 완전히 다른 세계의 이야기였다. 함께 살기 시작한 날부터 지금까지 치열하게 싸우고 서로에게 적응하기 위해 노력한 끝에 견고한 가정을 이루며 살고 있었다.

　매일 저녁 남편이 오는 시간에 맞춰 식사를 준비한 친구는 집에서 냄새 나는 것을 극도로 싫어하는 남편과의 의견 차이로 자주 부딪혔다고 했다. 먹는 게 중요해서 잘 챙겨 먹는 친구와 먹는 것보다는 집에서 아무런 냄새도 나지 않고 깨끗해야 하는 남편 사이에 간극을 좁히는데 2년이 넘는 시간이 걸렸다. 친구가 남편을 설득한 가장 큰 이유는 '밥정'때문이었다. '밥정'이 쌓여야 가족이라고 생각하는 친구는 꾸준히 남편을 설득했다.

　"아무리 한 공간에서 한 이불 덮고 자면 뭐해. 사람이 마주 보고 함

께 밥 먹으면서 얘기 나누고, 그렇게 쌓인 밥정이 얼마나 무서운데. 밥
정이 쌓여야 가족이지. 남편한테 밥정 좀 쌓자고 얘기하면서 조금씩
설득했더니 이제는 집에서 같이 밥도 잘 먹고 대화도 훨씬 많아졌어."

서양 속담에 밥을 같이 먹는다는 건 영혼을 나누는 일이라고 했다.
함께 같은 공간에서 서로의 시간을 나누며 일상을 나누는 일이기도 하
다. 별일 아닌 것 같은 이 사소한 일이 훗날 얼마나 큰 힘을 발휘하게
될지 나는 충분히 짐작할 수 있다. 사랑과 의리, 신뢰, 믿음 위에 밥정
까지 쌓고 있는 친구 부부는 세월이 흐를수록 더욱 돈독한 부부가 될
것이다.

"싸울 수밖에 없어. 처음으로 남과 살아야 하잖아. 그게 사랑하는 사
람과 한 공간에 살게 됐다는 느낌하고는 다르더라. 연애할 땐 싸우고
헤어지면 각자 운동을 하든 잠을 자든, 어쨌든 혼자 생각할 시간이 있
어서 자연스럽게 화가 가라앉기도 했거든. 근데 결혼은 아무리 벗어나
려고 해도 남편이 보여. 싸우고 나서 저 사람 감정이 다 풀릴 때까지의
과정을 지켜보는 게 제일 힘들어."

싸우고 화해하고 반복되는 생활이 지칠 법도 한데 그럼에도 친구는
싸워야 한다고 말했다.

"나를 지키고, 상대를 이해하기 위해서 싸워."

관계에 있어서 무조건 참는 건 좋지 않다. 나와 싸우기 싫다고 모든 것을 덮어두고 대강 넘어갔던 사람은 진짜 나를 위해 싸우기 싫었던 게 아니었다. 그는 나를 이해하고 싶지 않았던 게 아닐까. 사랑하는 것보다 이해하는 게 더 힘든 일이라는 말이 무슨 말인지 이제야 알게 됐다.

친구의 모든 조언은 현실적이었다. 그래서 결혼이 더욱 두려워졌다. 나는 아직 나를 지키는 일에만 급급하고 상대를 이해하는 일은 서툴다. 결혼을 하려면 무엇보다 나를 지키고 상대를 이해하기 위해 건강하게 싸울 수 있는 마음의 힘을 길러야겠다.

부부뿐이겠는가. 모든 관계는 싸울 수 있다. 이제 나는 무조건 참지 않고 건강하게 싸우기로 했다. 나를 지키고, 너를 이해하기 위해서.

가늘고
길게

    연말이 되면 한 번쯤 휴대폰에 있는 연락처를 훑어보게 된다. 감사한 분들과 소중한 사람들에게 안부 인사라도 보내기 위해서다. 무사히 1년을 잘 살아냈으니 내년에도 무탈하게 잘 보내길 바라는 마음으로 간단한 인사를 건넨다. 매번 보내던 사람이 대부분이고 그마저도 점점 인간관계의 폭이 좁아지는 것 같다. 더 좁아질 수 없을 것 같은데 계속 좁아지는 걸 보니 한때는 나름의 인맥이라는 게 있긴 했나 보다.

    1~2년 전부터는 새로운 분야의 사람들을 알게 될 기회가 많았다. 글

을 쓰는 사람이나 출판에 관련된 분들이다. 단체문자는 받아보니 기분이 썩 좋지 않아서 일일이 한 분씩 메시지를 보내거나 전화를 드리는 편이다. 한 분 한 분에게 감사의 인사와 새해 인사가 담긴 메시지를 보내고 나니 답장이 줄줄이 도착했다.

다들 '연락해줘서 고맙다. 너도 건강하고 새해 복 많이 받아라.'식의 답장을 보냈다. 비슷비슷한 답장들 사이에서 눈에 띈, 내 마음에 쏙 드는 답장이 하나 있었다. 글 쓰는 삶을 살게 되면서 알게 된 지인이 보내주신 답장에는 '연락해줘서 고마워. 너도 건강하고 우리 가늘고 길게 가자.'라고 쓰여 있었다.

성격상 처음 만나서 바로 급격하게 친해지는 것을 굉장히 부담스러워하는 편이다. 나는 적당한 거리와 시간이 필요하다. 그것을 이해하지 못하고 급하게 훅 다가오는 사람과는 더 멀어지는 경우도 있었다. 조금 느려도 내가 다가갈 수 있는 거리를 남겨줬으면 좋겠다. 표현하는 것도 중요하지만 툭하면 '우리 끝까지 가자. 사랑한다.'식의 표현은 어쩐지 내 마음이 움직이지 않는다.

그래서 '가늘고 길게 가자.'는 말이 참 좋았다. 당장 나에게 큰 기대를 하지는 않아도 꾸준히 애정을 갖고 서로 지켜볼 수 있는 관계는 애틋함과 편안함이 공존하는 느낌이다. 언뜻 보면 깊은 관계로 보이지 않을 수도 있고 사소하게 보이지만 결코 사소하지 않은 인연이다.

독일의 철학자 쇼펜하우어(Schopenhauer, Arthur)는 "고슴도치들은 떨어져 있을 때의 추위와 붙어있을 때 가시에 찔리는 아픔 사이에서 갈등하다가 마침내 적당히 거리를 유지하는 법을 배우게 된다."라고 했다. 사람은 누구나 타인과의 사이에서 적당한 거리를 두고 살아가는 존재라는 뜻이다. 설령 누군가와 함께 있더라도 너무 밀착되어 있으면 상대의 가시에 찔릴 우려가 있으니 적당한 거리를 두는 게 필요하다는 그의 말에 깊이 공감한다.

어느샌가 사람들과의 관계에서도 깊은 감정을 교류하는 사이보단 서로를 질식시키지 않으면서 적절한 거리를 두고 만나는 관계가 편하고 좋다.

누군가의
소중한 가족
입니다

휴대폰의 시계를 뚫어져라 쳐다보며 오전 9시가 되길 기다렸다. 8시 59분 44초, 45초….

통화버튼 누를 준비를 했다. 할 말을 잊지 않으려고 빽빽하게 적어 둔 메모지도 꺼냈다. 만발의 준비를 끝냈을 때, 휴대폰의 시계가 9시를 나타냈다. 통화버튼을 눌렀다. 무슨 서비스는 1번, 어떤 서비스는 2번, 어쩌고저쩌고 줄줄이 이어지는 안내 멘트를 듣고 버튼을 눌러 상담원 연결을 기다렸다.

전화만 받아봐라, 내가 가만있지 않겠다, 고객을 뭘로 아는 거야? 오늘 너희들 고생 좀 해봐라, 하는 마음이었다. 아침 일찍부터 전화를 한 고객들이 많았는지 계속 조금만 더 기다려달라는 안내가 나왔다. 한숨을 푹푹 내쉬고 있는데 곧 상담원이 연결된다는 소리가 들렸다. 폭포수처럼 할 말을 쏟아내려는 순간 들려오는 한마디 말에 모든 행동이 멈춰졌다.

"지금 연결해 드릴 상담원은 누군가의 소중한 가족입니다."

우리는 종종 ○○○은 원래 그런 일을 하는 직업이고, 그 일로 돈도 받으니까라는 이유로 상대가 마음을 다치는 일쯤은 아주 당연하게 생각한다. 직업에 귀천이 없다고는 하지만 여전히 천대받고 마음을 다치는 직업이 많다. 어떤 직업을 갖고 어느 자리에 있든 가치 없는 사람은 없다. 모두가 귀한 사람이고, 누군가의 소중한 아버지이자 어머니이며 형제와 자매이다.

잠깐 생각했다. 만약 상담원이 내 가족이라면 어떻게 말할까?

현실적으로 가족이라고 해서 다정하게만 말하지는 않지만, 적어도 악한 감정으로 '너 당해봐라' 하며 말하지도 않는다. 분명 내 잘못이 아니고, 내가 피해를 입은 일이었는데 따지려고 이것저것 적어둔 메모지를 손으로 구겼다. 굳이 필요하지 않다는 생각이 들었다. 구긴 메모지와 함께 성난 마음도 버렸다.

전화로 상담만 하시는 분들이 무슨 죄가 있겠나. 그런 분들이 있기에 내가 따뜻한 집에서 편하게 서비스를 받을 수 있었다. 자신의 일에 최선을 다하는 사람에게 함부로 비난할 수 있는 권리는 누구에게도 없다.

이런저런 생각으로 멈칫한 사이에 상담원과 통화 연결이 됐다. 전혀 계획하지 않았던 근육을 갑자기 쓰려니 얼굴이 바르르 떨렸고, 어색한 웃음과 함께 통화를 이어갔다.

"자꾸 전화 드려 죄송합니다. 어제 많이 바쁘셨는지 아직 처리가 안 돼서 전화 드렸습니다. 부탁 좀 드리겠습니다. 감사합니다."

인간은 망각의 동물이다. 감정노동자는 우리의 이웃이며, 누군가의 소중한 가족으로서 존중의 대상이라는 사실을 알면서도 가끔 잊는다. 짧은 안내 멘트가 폭주하는 감정을 멈추게 했다. 한순간 폭주했던 감정은 언제 그랬냐는 듯 태연하게 잠잠해졌다. 겨울에도 눈은 녹듯이 어떤 감정도 느끼고 지나면 잠잠한 순간들이 찾아온다.

선
넘어오지 마

평소에 툴툴거리는 게 일상인 투덜이 친구가 무슨 일인지 아침부터 다정하게 내 이름을 불렀다. 속으로는 '왜 이러는 거야' 생각하면서도 투덜대는 것보단 낫다 싶어 놔뒀더니 역시나 부탁할 게 있다는 말이 이어졌다.

회사 대표가 네덜란드 쪽 회사와 계약을 체결하는데 영문계약서를 받고 좀 어려워하고 있다고 번역을 해달라고 했다. 회사 일이면 번역 전문회사에 맡기면 되는 일이고, 대표가 해야 할 일을 왜 친구가 부탁

하고 다니는지 이해할 수 없었다. 개인적인 일도 아니고 다른 사람 회사 일을, 그것도 영문계약서 8장을 번역해주긴 힘들다고 거절했다. 그러자 친구는 다급하게 부탁하며 고백했다.

"나 대표님 좋아해. 요즘 우리 썸 타는 중인데, 이거 도와주면 더 가까워지고 사귀게 될 것 같아. 그러니까 좀 해줘."
"대표면 회사 일은 알아서 하겠지. 네가 도와주려고 이럴 필요는 없잖아. 난 못해."
"뭘 못 해. 너 계속하던 일이잖아. 번역료 없어서 그래? 야, 우리 사이에 그걸 꼭 받아야겠어? 그냥 좀 해줘."

번역을 할 수 있어도 이런 식의 부탁은 해주고 싶지 않았다. 어마어마한 금액이 걸린 다른 회사의 프로젝트 일에 선뜻 끼어드는 건 위험하다. 번역료가 없어서가 아니라 나는 위험한 일은 하지 않는다. 태생이 소심한 인간이라 그럴 용기도 없다. 그리고 뭔가 해줘야만 사귈 수 있는 관계라면 그런 관계는 오래 지속되지 못할 거라는 것을 알기에 거절할 수밖에 없었다. 굳이 핑계를 대자면 친구를 위해서였다. 눈에 뭐가 씌면 이성적인 판단이 흐려지지만, 본인 능력으로 해 줄 수 있는 것이 아니라면 깔끔하게 접어야 한다고 생각했다.

며칠 후 친구는 묻지도 않았는데 저녁으로 혼자 만두를 먹는다고 했다. 대표와는 잘되지 않은 눈치였다. 다시 이유 없는 일상의 투덜거림이 시작됐고, 그 화살을 나에게 돌렸다.

"너 때문이야. 너한테 어려운 일도 아니면서 그것 좀 해주면 안 돼?"

감정싸움으로 번지게 될 것 같아 마음을 가라앉히고 말했다.

"너 말이 좀 심하다. 선 넘어오지 마. 나도 많이 참고 있어."

내가 인내할 수 있는 한계선을 분명히 알렸고, 친구가 존중해주길 바랐다. 부드럽고 온화한 것도 좋지만 무조건 상대에게 끌려 다니지 않으려면 까칠함도 필요할 때가 있다. 나는 가끔 까칠함을 무기로 사용한다. 어떤 사람이든 내 감정의 테두리 안에 아무 때나 불쑥불쑥 들어와 제멋대로 휘젓고 가는 건 불쾌하다. 아무 때나 쉽게 넘어오지 못하도록 테두리를 좀 더 단단히 세워야겠다.

별일 없이
잘 살았으면
좋겠다

20대에 나는 누군가를 미워하고 증오하고 누군가 때문에 분노하는 일에 많은 시간과 에너지를 쏟았다. 화가 쌓이다 조절이 안 되면 그 사람이 죽어버렸으면 좋겠다는 위험한 생각도 했다. 내가 당한 것은 꼭 복수하겠다고 다짐했고(물론 모두 행동으로 옮기지는 못했다.) 내게 아픈 상처를 준 사람은 망하라고 저주를 퍼붓곤 했다.

언제부턴가 무엇에 대해서든 좋았던 때의 좋은 감정만 남기고 싶었다. 내가 이런 사람과 그런 시간을 보냈구나, 생각하는 것 그 이상도 이

하도 아닌 그냥 있었던 일, 지나간 추억.

진짜 큰일이 아니면 시간이 지나고 보니 힘들었던 기억은 거짓말처럼 사라진다. 물론 잊었던 일들이 어떤 사건으로 인해 다시 기억이 나서 잠시 마음이 감당하기 힘들 정도로 가라앉을 때도 있다. 그건 내 몸 세포에 알알이 박혀있는 감정들이 되살아나 아주 잠깐 그때로 돌아간 것뿐이다.

예전에 그렇게 미웠던 사람들도 별로 안 밉다. 관심이 없어졌다는 게 더 정확한 말일지도 모르겠다. 이제는 몸의 체력이 문제가 아니라 격한 감정에 쏟을 기력이 없다. 나이가 들면 편안해진다는 말은 스스로 내려놓지 않아도 힘이 부족해서 툭 떨어뜨리기 때문일지도 모른다.

너도 잘 살고 나도 잘 살았으면 좋겠다. 물론 행복을 빌어줄 기운도 없으니 거기까지 바라지는 말길, 사람이 어디 쉽게 변하던가. 그냥 별 일 없이 잘 살았으면 좋겠다. 진심으로.

조연주 안녕하세요. 간단한 자기소개와 하시는 일에 대해 말씀 부탁드립니다.

박현순 안녕하세요. 아라차림 '林' 상담소 대표, 마음상담사 박현순입니다. 현재
청소년상담사, 임상심리사, 미술심리상담사로 일하고 있으며, 칼럼니스
트, 강사, 버츄FT, 《화내는 엄마에게》 저자이기도 합니다. 초등학교 6학년
2학년 두 딸, 남편과 함께 가정을 일구고 있습니다.

조연주 저는 이번에 《사소하지만 내 감정입니다》 책을 쓰면서 감정을 글로 풀어
가는 것이 쉽지 않은 일이라고 느꼈습니다. 제 감정을 글로 써 내려가면 뭔
가 시원한 느낌을 받지만 '감정' 그 자체에 대해 전하고 이야기 해보려 하
니 만만치가 않았습니다. 가장 쉬우면서도 어려운 질문이죠. 감정이란 무
엇일까요?

박현순 감정이 무엇이냐는 질문을 처음 받아본 것 같네요. 일하면서, 생활에서도
감정을 중요하게 생각하는데 막상 정의는 내리지 않고 있었던 듯해요. 지
금 생각해보니, 감정은 제 마음의 목소리라고 말하고 싶습니다. 또 변할지
는 모르겠어요. 사람들이 바라는 대로 살아갈 수도 있지만, 제가 어떻게
느끼고, 무엇을 원하는지 솔직하게 알려주는 이야기라고 생각합니다. 죽
는 날까지 나 자신을 알기 위해 살아간다면 감정이 그 해답을 알려주는 나
침반이 되기도 합니다.

조연주 내 감정을 내가 알아차리지 못하고 남이 알아주길 바라는 마음은 결국 '화'로 표출된다고 합니다. 부정적인 감정을 조절하는 첫 단추는 내 감정의 알아차림인데요. '알아차림'에 대한 설명과 중요성에 대해 말씀 부탁 드립니다.

박현순 저는 대학원에서 게슈탈트 상담심리를 전공했습니다. 게슈탈트 상담에서는 다른 상담이론들보다도 지금, 여기를 강조하는 학문입니다. 요즘은 대부분 지금, 여기를 말하고 있지만, 저는 20년 전부터 귀에 딱지가 앉을 정도로 들었던 이야기입니다. 지금 여기에서 일어나는 과정에 초점을 두며 감정, 욕구, 신체, 환경 등의 알아차림을 찾아갑니다. '지금 내가 기분이 속 상하구나, 떡볶이가 먹고 싶구나, 마음이 아프구나, 쉬고 싶구나'처럼 자기의 있는 그대로를 온전히 반영해 주는 겁니다. 제겐 알아차림이란 말이 평생 질리도록 들은 말이지만 절대 놓칠 수 없는 산소 같은 단어입니다. 알아차림이 순간에 온전히 저 자신으로 살 수 있게 도와주기 때문입니다.

조연주 감정의 온도를 조절하는 것은 체온을 조절하는 것과 비슷하다는 말이 있습니다. 감정의 온도를 조절하기 위해 하시는 자신만의 방법이 있으신가요? 그리고 아직 자신만의 방법을 찾지 못한 분들을 위해 제안해주실 수 있는 방법도 말씀해주세요.

박현순　감정의 온도를 조절하려면 먼저 감정 알아차림을 해야 합니다. 지금 내 온도를 먼저 측정한 후에 상황에 맞게 조절하는 거죠. 이때, 감정 단어를 아는 것이 중요합니다. 저희는 '기쁘다, 슬프다, 화난다, 행복하다' 등의 큰 감정 몇 개로만 표현하고 있습니다. 감정 단어를 검색해 보시면 100개 정도의 감정들을 찾으실 수 있습니다. 감정 단어와 그 상황에 맞는 그림들을 표현한 감정 카드는 시중에서 누구나 구입할 수 있어요. 감정 카드 사용을 추천합니다. 아동, 청소년, 성인 어떤 대상이든 상담을 할 때 항상 앞부분은 감정 카드로 최근에 느꼈던 감정을 찾아봅니다. 그러면 유치원 아이들도 그림만 보고도 마음을 표현합니다. '복수하고 싶었어요, 괘씸했어요, 울고 싶었어요, 뿌듯했어요, 자랑스러웠어요' 등을 찾고, 이야기하며 쌓여 있던 감정을 해소할 수 있습니다.

마음속에 담아두고 눌러 놓은 감정들이 적어야 폭발하거나 엉뚱하게 감정이 쓰이지 않을 수 있답니다.

조연주　두 아이의 엄마이기도 하시죠. 부모가 아이의 감정을 읽어주는 것이 중요하다고들 합니다. 저는 책에서 상대와 감정의 주파수를 잘 맞춰야 한다고 했는데요. 부모와 자녀사이에서 감정 주파수를 맞추기 위해 부모로서 잊지 말아야 할 부분은 어떤 것이 있을까요?

박현순 저는 딸들과 생활하다 보니 감정에 더 예민해졌어요. 아이들이 사소한 일
에도 감정이 변화하고, 관계에 영향을 끼친다는 것을 확실히 체험한 거죠.
한번 올라온 감정을 제가 몰라주면 절대 그냥 넘어가지 않고 풀릴 때까지
시위를 합니다. 어릴 때는 표현도 안 되고, 마음을 모르겠어서 한참 헤맸
는데 이제는 그 산을 넘고 나니 서로 자연스럽게 표현합니다.

어떤 관계나 마찬가지겠지만 부모와 자녀 사이에 주파수를 맞추려면 서로
의 감정을 존중해야 합니다. 아이들의 감정은 무시하거나 별로 중요하지
않게 여기시는 경향이 있는데요.

특히 우리나라는 식민지, 전쟁, 고도성장의 과정 속에서 감정 따위는 돌볼
겨를이 없었습니다. 이제는 그런 시대가 지나갔잖아요. 아이들은 감정이
원석처럼 다듬어져있지 않습니다. 아이들이 표현하는 감정을 공감해 주시
고, 상황에 맞게 조절하여 표현할 수 있게 시간을 들어주셔야 합니다. 윽
박지르고, 눌러버리면 그 감정이 상처로 남게 될 수도 있습니다.

조연주 타인의 감정을 헤아리는 마음을 기르는 것은 중요합니다. 하지만 저는 타
인의 감정은 '공감'하는 것이지 '책임'지는 것이 아니라고 생각하는데요.
타인의 감정에 책임감을 가져야 한다는 의견도 있습니다. 내 감정이 소중
한 만큼 타인의 감정도 소중하다는 거죠. 감정의 책임감에 대해 어떻게 생
각하세요?

박현순 어느 선까지의 책임감일지가 중요한 것 같아요. 상황에 따라 다르겠죠. 제
가 실수했거나 잘못을 해서 상대방에게 손해를 끼쳤다면 그때는 타인의
감정에 책임감을 갖고 사과하고, 풀릴 수 있도록 돕는 행동을 해야 한다고
봅니다. 하지만, 잘못이 아니라 서로의 기질, 성격 차이, 오해 등으로 인한
감정에는 공감, 이해까지가 적절하다고 여겨져요. 그러면서 틀림이 아니
라 다름을 인정하고, 배워갈 수 있는 기회가 됩니다. 그 기회를 뺐으면 안
되겠죠.

조연주 저는 저의 감정을 관찰하고 놓치지 않기 위해 '감정관찰일기'를 기록했습
니다. 그러면서 자연스레 '지금 내가 느끼는 감정'을 알아차리고 회피하지
않게 되었는데요. 그래서 많은 사람들이 '감정일기'를 썼으면 좋겠다는 생
각이 듭니다. 자신의 감정에 대해 꾸준히 기록하는 감정일기의 또 다른 이
점은 어떤 것이 있을까요?

박현순 '감정일기'를 꾸준히 기록하셨다니 살짝 엿보고 싶은 마음이 드네요. 대단
하세요. 기록하면서 감정 알아차림의 근육이 붙게 되고, 관계나 일적으로
부딪치는 상황에서 조절하기가 쉬워집니다. 잘 하다가도 중요한 때에 감
정적으로 휩쓸려서 일을 망치게 되는 경우 있잖아요. 그럴 때 현명하게 판
단을 내릴 수 있는 힘이 길러집니다. 북유럽의 어떤 나라에서는 학교 다니
는 동안 십년 넘게 감정수업을 받는다는 기사를 본 적이 있습니다. 그 시간
을 들이는 만큼 감정이 우리의 삶에 지대한 역할을 하고 있고, 조절하는 것
이 필요하다는 생각이겠죠.

훗날 돌아보면 생생하게 그 순간을 기억할 수 있는 기록이리라 장담합니다. 사람은 부정적인 기억을 1.4배 더 잘 기억한다고 합니다. 우리가 느끼는 다양한 감정을 알아차리고 기록하면 긍정적인 기억들도 손가락 사이로 흘러가는 모래알이 아니라 선물로 간직할 수 있게 됩니다. 한마디로, 삶이 풍성해진다는 거겠죠.

조연주 분노라는 감정은 그 안에 연약한 다른 감정들을 숨기는 방어기제처럼 작동하기도 한다는 글을 읽었습니다. 보통 '분노'를 나쁜 감정으로 생각하지만, 잘만 사용하면 세상에 나쁜 감정은 없다는 말에 동의하는데요. '분노'의 감정을 잘 다루는 방법이 있을까요?

박현순 분노, 화는 나의 울타리를 지키는 힘이기도 합니다. 누군가에게 울타리가 침범당하거나 훼손되었을 때 제대로 표현해야 손해도 줄일 수 있고, 상대에게 경각심을 줄 수 있습니다. 적재적소에 쓰여야 제 기능을 발휘할 수 있는 거죠. 우리 사회는 정작 화로 표현해야 할 때 못하고, 특히 강자 앞에서 참았다가 소위 약자라고 판단되는 사람들에게 표출하는 경향이 많은 것 같습니다. 안타까운 마음입니다.

분노, 화를 2차 감정이라고도 합니다. 그 속에 있는 감정들이 있다는 말이겠죠. 예를 들어 아이가 숙제를 해야 하는데 하지 않고 장난만 칠 때 엄마들은 화가 난다고 말합니다. 마음 속에는 '걱정된다, 야속하다, 속상하다, 답답하다, 모르겠다' 등의 감정들이 있습니다. '아이가 숙제를 안 하려고 하니, 나도 어찌해야 할지 모르겠고, 시간은 없는데 참 야속하네. 얼른 하고 놀면 좋을텐데, 말도 안 듣고, 답답하다. 어쩌면 좋지?'로 생각해 볼 수도 있습니다.

올라온 감정들을 자기가 알아주면 화로 표현되는 속도를 늦출 수 있습니다. 화가 나려는 마음을 알아차리고, 상대에게 미리 경고를 줄 수도 있습니다. 그 순간에 힘이 더 있다면 자리를 피해서 화를 풀고, 아이를 대면하여 단호하게 말할 수도 있습니다. 이런 과정이 결코 쉽지 않습니다. 하지만, 꼭 못할 상황도 아닙니다. 시행착오를 거치면서 서로를 위해 노력하면 조금씩 익숙해지게 됩니다. 화를 참지 못하고, 폭발했다면 그 후에 마음을 들여다보세요. '아, 내가 아까 이런 마음들이 있어서 화가 났었구나, 상대방도 무섭고, 놀라고, 속상했겠다'로 정리가 되면 상대에게 사과하고 이야기하며 풀어갈 수 있습니다. 우리 안의 다양한 감정들을 알아차리는 것이 분노 조절의 해답이라고 자신 있게 말씀드립니다.

조연주 책에서 감정을 '설명'하지 말고 '표현'해야 한다고 했습니다. 저에게는 이 부분이 여전히 가장 어려운 부분인데요. 이론적으로 그렇게 해야 한다는 것은 이해했지만 행동이 쉽지 않습니다. 어떻게 하면 감정표현을 지혜롭게 할 수 있을까요?

박현순 저도 마찬가지예요. 이론으로 중무장해도 실제에서 '꽝'일 때가 더 많답니다. 계속 노력하는 과정이라고 말씀드리고 싶습니다. '나는 이런 마음이야'라고 말할 때는 사실 서로 마음이 완전히 열려있을 때가 아니고는 상대방이 '아, 그렇구나'라고 받아들이기는 쉽지 않습니다. '그래서, 어떡하라고?'라며 받아치기 쉽죠. 내 마음이 어떤지 알아차리면 그 상황에서 상대방과의 관계를 위해 어떻게 행동하면 좋을지 찾을 수 있습니다. 상대방의 행동에 마음이 상한다고 서로 마음 불편하게 있기보다는, 상황을 바꿀 수 있는 묘안을 찾아보세요. 서로 마음이 열려있을 때 감정을 말하면 상대방도 고마워서 더 수긍해준답니다. 말 그대로 현명한 감정표현은 삶의 지혜인 것 같아요. 당장은 어려워도 실패와 성공 경험을 하면서 지혜도 분명 쌓아질 겁니다.

조연주 인터뷰에 응해주셔서 감사합니다. 끝으로 감정으로 힘들어하는 분들에게 전하고 싶은 말씀 있으시면 전해주세요.

박현순 저에게도 인터뷰 기회를 주셔서 감정을 더 깊이 있게 볼 수 있었어요. 감사합니다. 감정으로 힘들어하시는 분들이 많으십니다. 저 역시도 그렇고요. 감정 알아차림을 해도 감정의 휘둘림에 힘들다면 살아온 과정을 보듬어주세요. 내면 안에 쌓이고 쌓인 상처들이 많다면 감정 알아차림만으로도 어렵습니다. 자신도 모르게 받아왔던 상처들은 나 자신이 아닙니다. 그 안에 분명 존재 그대로의 내가 있습니다. 긴 여정이 될지도 모르지만 자신을 이해하고 사랑하기 위해 애쓰시는 모든 분들을 응원하겠습니다.

사소하지만
내 감정입니다

아기의
찰진 손맛

집 근처에 유명 대형마트가 있다. 원래 대형마트를 잘 이용하지 않는 편인데, 한동안 시식의 매력에 빠져 주말마다 가곤 했다. 이 얘기를 하려니 내가 너무나 찌질하게 느껴진다. 한두 번 다녀온 뒤로 몇 시쯤 가면 시식을 가장 많이 할 수 있는지 대강 알게 되었다. 오후 4~5시에는 저녁 준비를 위해 장을 보러 나오는 어머님들이 많아 마트가 가장 활기를 띄는 시간이었다.

자주 다니면서 시식 코스도 익숙해졌다. 입구에 들어서면 고기를 먹고, 옆 가게에서 채소볶음을 한 입 먹고, 과일을 먹었다. 우회전을 해서 떡과 밑반찬, 만두, 소시지, 돈가스와 같은 냉동식품을 먹은 후에는 빵과 요구르트를 먹었다. 뒤편으로 건너가서 라면과 스파게티를 먹으려고 기다렸다. 미니 뷔페가 따로 없었다. 내 순서가 되어 판매원이 건네주는 스파게티를 받았다.

그 순간 뒤에서 누군가 있는 힘껏 내 머리를 움켜잡고 흔들었다. 이건 마치 남편과 바람피운 불륜녀의 머리끄덩이를 잡고 흔드는 아침드라마의 한 장면 같았다. 본능적으로 "악!"소리와 함께 스파게티는 바닥으로 떨어졌고 인상은 구겨졌다. 도대체 누군지 신경질적으로 고개를 홱 돌아보았다.

젊은 남자가 아기띠에 아기를 업고 있었다. 아기에게 마트를 구경시켜주려고 아기를 품 안에 업지 않고 바깥쪽을 바라보게 업었다. 그 아기가 손을 뻗어 내 머리채를 잡고 흔들었다. 긴 머리를 보고 신기해서 잡은 걸까. 힘 조절이라는 것을 모르는 아기의 손맛은 너무도 강하고 아팠다. 무슨 이유인지 아기는 내 머리카락을 죽을 둥 살 둥 잡아 뜯었다.

화가 나는 건 아기가 그랬으면 부모들이 빈말이라도 죄송하다고 하던데 아기 아빠는 웃고만 있었다. 아기 손을 내 머리에서 떼어낼 생각도 하지 않았다. 점점 사람들이 몰려들었다. 굴욕감이 느껴졌다. 창피

한 마음에 그 자리를 빨리 떠나고 싶어 어쩔 수 없이 힘으로 아기 손을 잡아떼어냈다. 아기에게는 미안하지만 많은 사람들에게 둘러싸여 계속 머리끄덩이를 잡힌 상태로 있을 수는 없었다.

사과 한 마디 없었던 아기 아빠는 끝까지 웃고만 있었고, 나는 무슨 죄를 졌는지 황급히 그 자리에서 도망쳐 나왔다. 엉망이 된 머리를 손으로 빗으며 빠른 걸음으로 화장실로 갔다. 거울을 보니 헝클어진 머리보다 허겁지겁 먹느라 미처 닦지 못한 소스가 입술에 묻어 있었다. 끼니를 굶을 정도로 힘들지도 않았다. 밥을 먹고도 굳이 그걸 또 먹겠다고 시간과 에너지를 그런 곳에 썼는지 한심하기 짝이 없었다.

식탐이 문제라고 생각했다. 주체하지 못할 식탐 때문에 순수하게 재료를 사기 위해 맛을 보는 사람들에게 민폐를 끼쳤다. 못난 식탐이 부른 슬픈 참사였다. 그런데 지금 생각해보면 단순히 음식에 대한 집착만이 아닌 감정적 허기를 느껴 이것저것 먹을 수 있는 대형마트를 찾았던 것 같다. 한 가지로 성에 차지 않았다. 모든 음식을 맛보고 배가 불러도 계속 집어먹곤 했다.

왜 배가 불러도 뭔가를 먹어야만 했을까. 그것은 감정의 문제였다. 배고픔을 느끼게 하는 것은 위나 장이 아닌 뇌였다. 감정이 심란할 때는 배가 아닌 머리로 허기를 느낀다. 뇌의 포만 중추는 감정의 영향으로 몸과 마음이 편안할 때는 만족감을 느끼고 분노나 슬픔, 외로움, 강박 등의 부정적인 감정이 생기면 식욕이 돋는다. 그때는 '신체적 허기'가 아니라 감정으로 인해 생긴 '감정적 허기'의 문제였다.

감정적 허기가 생기도록 유발하는 것에는 스트레스, 불안, 우울, 수면장애, 일조량 부족 등이 있다는 기사를 읽은 기억이 있다. 그때의 나는 철저하게 남의 요구에 맞추어 사는 일하는 기계이자 하나의 부속품에 지나지 않았다. 나보다 회사를 먼저 생각해야 했고, 상사의 갑(甲)질에 시달리며 인간다운 삶은 포기한 채 살아가고 있었다. 내 안에는 분노가 쌓였다. 밖으로 표출하지 못한 분노가 결국 나 자신에게로 향한 것이었다. 몸과 마음을 괴롭히며 자꾸 무언가를 꾸역꾸역 집어삼켰다. 즐거움이 아닌 마음속 응어리를 풀기 위한 어리석은 몸부림이었다.

분노나 외로움이 표출되고 있는 건 아닌지 스스로에게 물었어야 했다. 내 감정을 알아차리지 못하고 다스리지 못했다. 이제 고작 세상을 1~2년 살아 본 아기의 찰진 손맛 덕분에 어리석은 짓을 그만둘 수 있었다. 그 후로 시식만을 위해서는 대형마트에 가지 않는다. 골고루 다양한 음식을 맛볼 수 있었던 대형마트 미니 뷔페는 나의 식탐과 허기를 해결하기 위한 곳이 아님을 누구보다 아프게 깨달았다.

항생제는
잠든 후에

벌써 십 년 전 일이다. 음악회에 다녀오는 길이었다. 그날 오후부터 배가 살살 아팠지만 크게 통증이 있는 것은 아니어서 소화제만 한 알 먹었다. 음악회가 끝나고 여의나루에서 지하철을 탔다. 점점 배가 아픈 느낌이 심상치가 않았다. 음악회에 대해 얘기를 나누려던 찰나에 친구는 나를 보고 놀랐다.

"너 얼굴이 왜 이렇게 하얗게 질렸어?"

집에 가서 쉬면 괜찮아질 거라고 안심시키고 친구를 보냈다. 점점 시간이 갈수록 서 있는 것조차 힘들어졌다. 내가 단순히 체하거나 소화가 안 되는 거라고 생각했던 일행도 배를 움켜잡고 있는 나를 두고 먼저 지하철에서 내렸다.

도착역에 가까워질수록 배의 통증은 점점 심해졌다. 지하철에서 내려 계단 손잡이를 잡고 힘겹게 오르다 결국 주저앉았다. 119에 전화를 했고 응급실로 실려 갔다. 의사는 배를 여기저기 눌러보더니 맹장 수술을 해야 한다고 했다. 수술이라는 말에 덜컥 겁이 났지만 미룰 수 있는 상황이 아니었다. 곧 수술절차를 끝낸 후 수술에 들어갔고 다행히 수술은 잘 끝났다.

함께 음악회에 갔던 친구는 소식을 듣고 병원으로 달려와 밤새 나를 간호해주었다. 입원해 있는 동안 나를 가장 힘들게 한 것은 항생제였다. 가스가 나오기 전까지 음식물을 먹을 수 없으니 하루 종일 링거를 맞아야 했다. 링거의 주사 바늘도 싫은데 일정 시간마다 항생제를 투여했다. 항생제 주사는 온몸에 약이 들어와 흐르는 느낌이 고스란히 느껴졌고, 그 느낌이 너무 아프고 견디기 힘들어서 항생제 소리만 들리면 병실을 뛰쳐나가고 싶었다.

병실에 누워 친구와 얘기를 나누고 있는데 간호사가 무언가를 들고 들어오는 모습이 보였다. 나도 모르게 "아, 싫어요. 안 맞아요."라고 소

소중하지만 내 것은 아닙니다

리쳤다. 간호사는 어쩔 수 없다며 나를 붙잡고 항생제를 투여했고, 나는 아무 죄 없는 간호사에게 온몸에 불쾌한 감정을 가득 담아 고스란히 전했다. 내가 고통스러워하는 모습을 본 친구는 나를 달래고 잠시 나갔다 오겠다며 병실을 나갔다.

다음 날, 항생제를 맞아야 할 시간인데 간호사가 오지 않았다. 속으로는 내심 '이제 항생제는 안 맞아도 되나 보다' 생각하며 기뻐했다. 그렇게 퇴원하는 날까지 항생제에 대한 비밀을 모른 채 지내고 있었다. 퇴원하는 날 아침에 간호사는 헐레벌떡 뛰어 들어오며 말했다.

"퇴원하시기 전에 항생제 한 번 맞고 가셔야 해요."
"항생제 이제 안 맞아도 되는 거 아니었어요?"

간호사에게 들은 얘기는 항생제에 대한 친구의 부탁이 있었다고 했다. 잠시 병실을 나갔던 날 친구는 간호사에게 가서 부탁했다.

"환자가 항생제 맞는 것 때문에 너무 힘들어해서 그러는데요. 항생제는 환자가 잠든 후에 놔주시면 안 될까요? 저녁 약 먹고 잠들면 꽤 깊게 잠들더라고요. 그때 제가 와서 말씀드릴게요. 번거롭게 해 드려서 죄송합니다."

그렇게 친구와 간호사의 배려 덕분에 다음날부터 내가 잠든 후에 항생제를 맞게 됐고, 나는 그것도 느끼지 못할 정도로 깊이 잠들었었다. 그런데 아침에 퇴원을 하게 되어 그날은 어쩔 수 없이 맨 정신에 항생제를 또 맞아야 했다. 그동안 감사했다고 인사하고 웃으며 간호사와 이별하려고 했는데 항생제를 투여하는 순간 또다시 간호사에게 불쾌한 감정을 전해주고 말았다. 항생제가 내 몸을 타고 흐르는 느낌은 늘 나를 언짢게 했다.

의사는 생명을 살리는 일을 하는 사람, 간호사는 생명을 돌봐주는 사람이라는 느낌이 강하다. 사람들은 돌봐주는 사람에게 더 많이 투정 부리고 힘들게 한다. 나도 모르게 간호사는 늘 친절해야 하고 환자의 몸과 마음의 아픈 부분을 전부 받아줘야 한다고 무언의 압박을 가했던 건 아닐까. 환자 가장 가까이에서 의료 처치를 하는 전문 의료인을 서비스직으로 오해하고 있었다.

모든 일이 그렇듯 육체적인 노동도 힘들지만 감정적인 부분이 더 많이 지치고 힘든 법이다.

아프다는 이유로 간호사에게 함부로 대한 건 아닌지, 내가 전해준 불쾌한 감정이 그들의 하루를 더욱 힘들게 한 건 아닌지 미안한 마음이 들었다. 삶과 죽음 사이에 놓인 환자들을 돌보며 누구보다 심한 감정의 소용돌이를 겪는 사람, 어쩌면 자신이 돌보고 있는 환자들보다 더 아픈 감정노동사가 간호사일지도 모른다.

이
죽일 놈의
승부욕

보험회사는 보험왕, 자동차 회사는 판매왕, 웹툰에는 복학왕이 있다면 교회는 전도왕이 있다. 어떤 왕도 되어보지 못했지만 가끔은 탐나는 자리다. 살면서 한 번쯤 왕의 자리에 오른다는 게 쉬운 일은 아니다.

교회에 열심히 다니던 믿음 좋은 친구는 전도왕이 되려고 노력했다. 모든 일정이 교회 예배시간과 모임이었고 교회 일이라면 열 일 제쳐두고 달려가곤 했다. 그런 친구가 교회에서 해보지 못한 것은 전도왕이었다. 빠지지 않고 열심히 다니고 교회의 모든 행사에 참여했지만 본인보다 더 인정받는 사람은 전도왕이라고 했다.

어떤 일에도 크게 욕심내지 않던 친구가 전도왕에 욕심내기 시작했다. 남에게 강요하거나 피해 가는 일은 절대 하지 않던 배려왕이던 친구는 한순간의 욕심으로 완전히 다른 사람이 되었다. 내게도 전도를 하기 시작했다. 교통편도 안 좋고 낯선 곳에 가고 싶지 않아서 거절해도 친구는 포기하지 않았다. 일단 나와서 자기가 전도왕이 되면 그다음부터는 나오지 않아도 된다는 조건을 걸었다.

쉽게 포기하지 않을 것 같아 그렇게 합의하고 친구가 다니는 교회에 갔다. 어른들께만 인사드리고 최대한 있는 듯 없는 듯 조용히 있다 갈 생각이었다. 하지만 오랜만에 새로운 청년이 왔다며 예배 후에 밥을 먹고 게임을 하자고 모두 붙잡았다. 어른들의 제안을 뿌리칠 수 없어 꼼짝없이 붙들려 앉아 게임에 참여했다.

종목은 윷놀이였다. 윷놀이는 민속놀이고 어른들과 함께 즐길 수 있어서 어릴 때 가족끼리 자주 하던 놀이였다. 항상 놀이의 끝은 씩씩거리며 "다시 붙어!"를 외치거나 이겼다고 기뻐하는 것이었다.

처음에는 윷놀이보다 얌전히 있으려는 생각에 집중해서 열심히 하지 않았다. 문제는 우리 팀이 너무 뒤처지면서 슬슬 잠자던 승부욕이 발동했다. 답답한 마음에 참견하지 않았던 말을 놓는 방법에도 참견하며 점점 목소리가 커졌다.

"윷, 업어. 업고 두 개 같이 가야지! 우리 너무 뒤처지고 있어요!"

조급해져 사람들에게 빨리 던지라고 재촉하던 나는 어느새 윷놀이의 중심에 있었다. 처음 나를 보고 참해 보인다며 며느리 삼고 싶다던 집사님들은 놀란 표정이었고, 교회에서 동창을 만나 반갑다던 목사님 아들은 나와 상대편에서 핏대를 세우며 싸우고 있었다. 악전고투 끝에 상대팀을 거의 따라잡았지만 한 점 차이로 패배했다.

한 점 차이라는 것에 더욱 아깝고 분노가 치밀었다. 또 한 번 하자고 제안했다. 그대로 끝내자니 괜히 억울한 마음이 들었다. 이미 제정신이 아니었다. 곧 오후 예배가 시작된다며 다들 정리하기 시작했다. 윷놀이를 한 번 더하려면 계획에 없던 오후 예배까지 드려야 했다. 오후 예배도 드릴 테니 끝나고 다들 모이라고 말했다. 오후 예배시간 동안 설교 말씀은 하나도 들리지 않았다. 오로지 윷놀이를 이겨야 한다는 생각밖에 어떤 생각도 없었다. 오후 예배가 끝나고 윷놀이 2차전이 시작되었다. 사정없이 실력 발휘를 했고 승리의 기쁨을 맛보게 되었다. 기분 좋아서 손뼉 치고 있는데 목사님 아들이 나를 전도한 친구에게 말했다.

"야, 다시는 쟤 데려오지 마. 전도고 뭐고 교인 없어도 되니까 데려오지 마. 어휴, 너무 힘들어."

교회는 웬만하면 모든 사람을 포용하는 곳이다. 그런 교회에서 혀를 내두르며 다시는 오지 말라는 말을 할 정도였다. 내 안에는 괴물이 있다. 일명 승부욕 괴물. 나는 이 녀석을 너무 잘 알고 있어서 웬만하면 꺼내 보이지 않으려고 하는데, 오랫동안 잠자던 녀석이 한 번씩 기지개를 켤 때가 있다. 한 번 나왔다 하면 그동안 묵혀둔 에너지를 모두 쏟아내야만 다시 사라지는 녀석이다. 그렇게 한바탕 휘몰아치고 나면 또 언제 왔다 갔냐는 듯 흔적도 없이 사라진다.

친구는 전도왕이 되지 못했고 그 모든 것이 이 죽일 놈의 승부욕 때문인 것 같아 죄책감이 들었다. 지금도 가끔씩 올라오는 승부욕을 참아야 할 때는 그 시절 목사님 아들이 한 말을 생각한다.

"다시는 쟤 데려오지 마."

내가 원하는 대로 되지 않기 때문일까? 윷놀이는 사람의 감정이 그대로 드러나는 놀이인 것 같다. 윷놀이에서 자주 나오는 건 '개'나 '걸'인데, 내 승부욕은 항상 '도' 아니면 '모'다. 지나친 승부욕으로 패배를 인정할 수 없는 상황이 오더라도 절제해야 한다. 하지만 내 안에 괴물을 절제시킬 재간이 없으니 눈앞에 윷이 보이지 않길 바랄 뿐이다.

뾰족구두만
벗으면

매일 집을 나서는 같은 길, 어제와 다를 게 하나 없는데 어딘가 삐딱한 느낌이 들었다. 자연스레 한 번 훑어보니 구두의 한쪽 굽이 닳아서 쇠가 살짝 모습을 드러냈다. 나도 모르게 중심을 잡으려고 한쪽 발에 더 힘을 주고 걸었나 보다. 마침 나가는 길에 구두 수선집이 있어 들렀다. 작고 낮은 아담한 공간에서 열심히 구두를 수선하고 있는 아저씨가 보였다.

"안녕하세요. 구두 굽 한쪽이 닳았는데 지금 바로 될까요?"

인상 좋은 아저씨는 들어와서 앉으라며 자리를 닦아주셨다. 구두를 드리고 아저씨가 주신 삼선 슬리퍼에 발을 살포시 올려 잠시나마 구두에 지친 발을 쉬게 해주었다.

"오랜만에 오셨네요. 예전에는 일주일에 한 번씩 왔잖아요."

아저씨의 안부 인사에 잊고 지내던 지난 시절이 떠올랐다. 철저하게 남들의 시선에서 내가 가장 빛나던 시절에는 늘 뾰족구두를 신고 다녔다. 높고 뾰족한 구두를 신고도 얼마나 잘 뛰었는지 매일 열심히 달렸다. 전속력으로 누구보다 열심히 달려야 한다고 생각했다. 그러니 굽이 자주 닳을 수밖에 없었다. 주말이면 한 주 동안 열심히 달린 구두굽을 수선하러 가는 일이 하루 일정에 빠지지 않았다. 구두 수선방 아저씨를 만나는 횟수가 빨리 찾아올수록 나는 더욱 지쳐갔다.

퇴사할 때 주위에서는 그렇게 안정적인 직장을 왜 그만두냐고 했다. 월급쟁이만큼 안정적인 것은 없다면서 남의 속도 모르는 소리를 함부로 말했다. 어떤 것이 안정적이었는지 모르지만 나 자체가 안정적이지 못했다. 돌아보면 온통 어두운 상처가 가득하다. 솔직히 고백하자면 부러워하는 남들의 시선 덕분에 그나마 버텼다. 아주 가끔 우쭐하던 시간마저 없었다면 버티는 게 더 힘들었을 것이다.

달리다가 삐끗하면 아팠고 늘 구두 안에 짓눌려 있는 발은 피곤해도 구두를 벗을 수 없었다. 열심히 뛰었는데 바로 앞에서 버스를 놓치고 정류장에 앉아 다음 버스를 기다리던 어느 날이었다. 잠깐 구두를 벗은 발이 이렇게 시원하고 편할 수 있다니, 그때는 삐걱거리고 안 풀리는 모든 일이 모두 뾰족구두 때문인 것만 같았다. 부정적인 감정이 올라올 땐 탓할 대상을 찾게 되는데 모든 것을 구두 탓으로 돌렸다. 그 시절의 나는 온몸에 가시가 있는 것처럼 항상 예민하고 뾰족구두처럼 날카로웠다.

구두만 벗어던지면 편안하게 살 수 있을 거라고 생각했다. 그래서 뾰족구두와 회사에서 벗어나기로 했다. 이제 발은 한결 편해졌다. 스니커즈도 신고 편한 샌들도 신는다. 하지만 뾰족구두 없이도 여전히 삶은 삐걱거린다.

무엇을 신고 달리느냐 보다 어떻게 달리는지가 중요하다. 뭔가에 쫓기는 삶이 숨 가쁘게 느껴지면서도 쉽게 고쳐지지 않는다. 무엇이 그리 급한 걸까. 성질 급한 사람은 화를 내면서도 사과할 준비를 한다던데 급한 마음으로 달리며 사는 삶은 수없이 휘청대며 넘어질 듯 위태롭다. 빠르게 보다 정확하게 한 걸음 한 걸음 나아가며, 한 템포 쉬어야 할 땐 제대로 쉼표를 찍어야 내 것을 지킬 수 있음을 알게 됐다.

밥은
먹었어?

　사랑은 마음이 충만해져야 행복한 것이라는 말이 있다. 비단 연인과의 사랑뿐만 아니라 부모 자식 간의 사랑, 소중한 사람들과의 사랑도 마찬가지다. 누군가를 사랑하는 일은 사소함부터 관심을 가져주는 것이다. 밥은 먹었는지, 하루는 잘 보냈는지, 잠은 잘 잤는지 물어봐 주는 사람이 있다면 자신이 사랑받고 있다고 생각해도 좋다.

　너무 사소한 일화지만 얼굴 한 번 본적 없는 사람의 안부에 울컥한 적이 있다. 역대급 폭염을 기록한 작년 여름, 나는 한 달 이상 거의 뜬

눈으로 밤을 지새울 정도로 힘들었다. 우리 집에는 에어컨이 없다. 지금까지 에어컨이 있던 적이 없었다. 이런 얘기를 하면 사람들은 내가 더위에 강한 줄 아는데, 세상에서 가장 싫은 게 여름이다.

추위에 강하고 더위에 약한 탓에 그해 여름엔 이러다가 죽겠구나 싶은 생각까지 들었다. 거의 매일 카페와 도서관으로 피난을 갔다. 그런 일상이 반복되던 어느 날, 블로그 이웃분이 오랜만에 안부 인사를 남기셨다. 블로그에 대해 아무것도 모르던 시절부터 이웃이어서 기억하는 분이다. 그분의 안부 인사에

'저는 요즘 폭염 때문에 제대로 먹지도 못하고 잠도 못 자는 생활을 한 달 넘게 하다 보니 너무 힘들어요.'라고 댓글을 달았다.

몸과 마음이 지치고 힘들어 누군가에게 하소연을 하고 싶었나 보다.

그러다 폭염이 꺾이고 가을을 맞이할 준비를 할 때쯤 그분이 또 한 번 댓글을 남기셨다.

'이제 폭염도 끝났으니 편하게 주무실 수 있겠어요. 식사도 잘 챙겨 드세요.'

댓글을 읽고 순간 놀라서 멈칫했다. 수백 명, 수천 명의 블로그 이웃

중 한 사람일 뿐인데 내가 한 달 전에 했던 말을 기억하고 있다니 놀라지 않을 수 없었다. 그걸 어떻게 아직까지 기억하시냐고 물었더니,

"몇 안 되는 애정 이웃이니까요. 애정을 갖고 있으면 자연스럽게 기억하게 되죠."라고 하셨다.

맞다. 애정이 있으면 사소한 말이라도 귀 기울여주고 기억해준다. 물질적인 선물보다 이런 진심 어린 마음이 더 오래 기억에 남는다.

어떤 상황에서도 "밥은 먹었어?"라고 물어봐 주는 사람, 어떤 하루라도 토닥토닥해주는 사람, 이런 사소한 것을 해주는 사람이 가장 중요한 사람이다. 어떤 상황에서도 밥은 먹었냐고 물어봐 주는 사람 1순위는 대부분 부모님인 경우가 많다. 오로지 '밥'에 대해 물어보시는 게 아니라 하루를 잘 보냈는지. 별일은 없었는지 궁금하고 걱정되는 부모님들만의 사랑표현이다.

문득 생각난 사람에게 안부를 전해보자. 일부러 안부를 전하는 일은 사소한 것처럼 보이지만 의미 있는 일이다. 거창할 필요는 없다. 그저 "밥은 먹었어?"한 마디면 충분하지 않을까. 모두가 누군가에게 그런 안부를 전하는 사람이 되었으면 좋겠다.

참
잘했어요

차를 타고 이동하던 길이었다. 오로지 약속시간에 맞춰야 한다는 생각으로 목적지만을 향해 가고 있었다. 신호등이 없는 횡단보도를 지나는데 별 뜻 없이 오른쪽을 힐끔 쳐다보고, 다시 정면을 보려는 순간 어느 꼬마 아이가 눈에 들어왔다. 대략 여섯 살 정도로 보이는 꼬마는 얼마나 뛰어 놀았는지 볼이 빨갛게 익었고 땀을 뻘뻘 흘리고 있었다.

어디서나 흔히 볼 수 있는 꼬마의 모습이 색다르게 보였던 건 횡단보도에 막무가내로 뛰어드는 다른 아이들과 달리 혼자 꼿꼿하게 손을 들고 서 있는 모습 때문이었다. 유치원에서 배운 대로 착실히 행동하는 모습. 그 모습을 보고 그냥 지나칠 수 없었다. 내려서 칭찬까지는 못 해줘도 잠시 차를 세워 건너가게 해주고 싶었다.

나만 차를 세워준다고 꼬마가 건널 수 있는 게 아니었다. 반대편 차선에서 오던 택시와 승용차들은 연이어 쌩쌩 달렸고, 꼬마는 땀을 뻘뻘 흘리며 계속 손을 들고 서 있었다. 조금 후에 건널 수 있게 된 꼬마는 양쪽에서 차가 오는지 다시 한 번 확인하고 횡단보도를 다 건널 때까지 손을 들고 있었다.

오랜만에 착한 어린이를 만나 내 마음까지 동심으로 돌아간 듯했다. 나도 저 나이 때 어른들이 하라는 대로 말을 잘 들었을까, 너무 오래전 일이라 기억이 희미했다. 손을 번쩍 들고 '저 여기 있어요!'라며 기다리던 꼬마의 모습이 그리 특별할 것 없는 모습인데 기억에 진하게 남았다. 하루 동안 내가 보고 만났던 많은 사람 중에 가장 아름다웠다.

사소한 것은 기본적인 것이다. 기본을 지키며 사는 것이 얼마나 어려운 일인지 나이 들며 실감한다. 부끄러운 어른이 되지 말자고 다짐하면서도 그것 또한 쉽지 않다. 오히려 아이들에게 기본을 지키며 사는 삶의 단순함을 배운다. 놀 땐 땀나도록 뛰어 놀고 지켜야 할 건 지키는 꼬마를 보며, 우리도 저렇게 살아야 하지 않을까 생각했다. 자신이 해야 할 일은 열심히 땀 흘려 최선을 다하고 지킬 건 지키고.

횡단보도 앞에 서면 '급하게 서두르지 말자, 기다리면 건널 때가 올 거다.' 생각하며 꼬마를 떠올린다. 꼬마에게 안전과 인내심을 배운 셈이다.

마음의
병이라고
하던데요

예민한 감정과 달리 피부는 예민하지 않아서 아토피, 알레르기 같은 피부질환을 앓아본 적이 없었다. 그러다 언젠가 팔꿈치와 어깨 사이 팔 부분에 붉은 반점이 올라오기 시작했다. 처음엔 가렵다가 점점 통증이 생겨 피부과에 갔다. 의사는 별일 아니라는 듯 바르는 약과 먹는 약을 처방해줬다. 하지만 시간이 흘러도 나아질 기미가 보이지 않았다.

우연히 내 팔을 보게 된 지인은 피부 문제가 아닌 것 같다고 했다.

"피부에 특별한 문제가 있는 경우가 아니라면, 피부병은 마음의 병이라고 하던데. 피부과 다니는 것도 중요하지만 마음을 편하게 가져 봐요. 스트레스 심하게 받거나 아직 마음이 힘들어서 그런 거 일지도 몰라요."

동네 작은 교회에서 시작된 나에 대한 이상한 소문과 사람들의 수군 거림으로 스트레스가 극에 달했을 무렵이었다. 나는 전혀 그런 의도가 없었음에도 왜 내가 그런 오해를 받는 건지 억울하고 분이 풀리지 않았다. 마음을 꺼내서 보여줄 수도 없고 답답함에 지쳐갔다. 구구절절 해명하고 사과할만한 일이 아님에도 사과해야 했다. 그러면서 마음은 더욱 망가졌다.

마음의 병은 우울증이나 정신적인 문제로만 연결된다고 생각했다. 스트레스가 쌓이고 쌓이다 보면 마음의 병까지 얻기 쉬운데, 해소하지 못한 감정들이 내 몸을 뚫고 나와 몸까지 아프게 했다. 스트레스는 눈에 보이는 것도 아닌데 어떻게 몸과 마음에 영향을 미쳐서 피부까지 증상이 나타나게 되는 걸까.

병의 시작이 마음의 병이나 스트레스라는 말은 많이 듣고 살지만, 실제 증상이 피부로 느껴지지 않으면 평소에는 무관심하게 된다. 우리가 겪는 외부의 일들은 내면에서 일어나고 가지고 있었던 모습이 드러나는 것일지도 모른다. 많은 일이 외부보다는 내면에서 생길 때가 많다. 그래서 마음이 아프면 몸도 아프다. 몸에는 아무 이상이 없는 것 같은데 자꾸 여기저기 몸이 아플 때가 있다. 정신적인 스트레스는 신체 건강에 영향을 미친다. 그래서 감정은 건강에도 영향을 미칠 수 있다. 이유 없이 아프고 피곤함이 몰려온다면 먼저 감정의 목소리에 귀 기울여 봐야 한다. 감정은 스스로 컨트롤 할 수 있을 때 건강하게 작용한다.

지금 돌아보면 조금 창피한 거, 남들이 수군거리는 거 모두 아무것도 아니다. 시간이 흐르면 나는 그런 사람이 아니라는 게 어떻게든 밝혀진다. 그들은 나보다 더 빨리 나에 대해 잊고 또 다른 사람 이야기로 수군거리기 바빴다. 굳이 사람들을 이해시키기 위해 많은 에너지를 사용할 필요도 없었다.

쉽지 않겠지만 오해받지 않고 해명하지 않아도 되는 삶을 살고 싶다. 나 자신을 보호하기 위해 나를 좀 더 파악하고 나를 위해 타인을 파악하는 일이, 타인의 감옥에서 나를 지키는 힘을 키우기 위해 꼭 필요한 일임을 배웠다.

우산을 같이
쓴다는 건

학창시절 수업이 끝나고 나왔을 때 비가 내리면 우산을 가져다줄 사람이 없었다. 회사에 있는 아빠가 와주실 수 없어서 어떻게든 알아서 살아남아야 했다.

갑자기 내리는 비에는 우산이 세상 전부다. 그 세상 전부를 가지고 있는 친구에게 붙어 가는 방법밖에 없다. 문제는 나 같은 아이들이 많아서 여러 명이 우산 하나를 같이 써야 했다. 세 명이 한 우산을 쓰고 겨우 비를 피했는데 우산을 함께 쓰는 법을 몰라 한쪽씩 자꾸 비를 맞게 됐다. 가운데 서 있던 우산 주인은 우리에게 더 가까이 붙으라고 했다. 우리는 가운데로 더욱 밀착했고 그때야 모두 비를 맞지 않았다.

그렇게 한참을 걷다가 횡단보도 앞에 멈춰 신호를 기다리고 있는데 친구가 말했다.

"그동안 몰랐는데 너 숨소리 엄청 크다."

내 숨소리가 크다는 걸 나도 몰랐다. 처음 알게 된 내 모습이었다. 그 순간 들키기 싫었던 치부를 들킨 기분이 들어 슬며시 조금 떨어져 걸었다. 한쪽 어깨는 비에 젖을 수밖에 없었다. 기분이 상한 건 아닌데 왠지 모를 당혹함이 느껴졌다. 누군가와 우산을 같이 쓰지 않는 건 그때부터였다. 우산을 같이 쓴다는 게 단순히 비를 피하기 위한 일이 아니라 한 공간에서 밀착된 채 부딪히고 안아주며 서로의 숨소리까지 공유하게 된다는 사실을 알게 됐다.

그때 만들어진 습관으로 지금도 작은 우산을 항상 갖고 다닌다. 어차피 인생은 함께 우산을 쓰고 비를 피하는 것이라지만 우산 하나를 나눠 쓰기까지의 과정이 편하지만은 않았다. 그래서 비를 맞으며 걸어가는 사람에게 우산을 내어줄 수는 있어도 내가 쓰고 있는 우산으로 들어오라는 말은 쉽게 하지 못한다.

우산은 나만의 공간이자 나를 지켜주는 보호막이다. 우산을 같이 쓴다는 건 한쪽 어깨가 비에 흠뻑 젖지 않도록 서로의 맞닿은 어깨를 최대한 포개야 하는 일, 내 안 깊숙한 곳으로 들어와도 된다는 의미이기도 하다. 그러니 아무에게나 "우산 같이 쓸까요?"라고 할 수는 없다. 가끔 동의도 구하지 않고 우산을 함께 쓰자고 갑자기 뛰어 들어오는 사람이 있다. 그럴 땐 숨 쉬는 것조차 편하게 쉴 수 없어 힘들다. 내 안으로 초대하지 않았는데 불쑥 들어온 사람에게 예의를 지키며 단호하게 말하고 싶다.

"우리가 우산을 같이 쓸 수 있는 사이는 아닌 것 같아요. 저는 좀 불편합니다."

더 편한
나이는 없어

요즘 시간의 흐름에 가속도가 붙었음을 느낀다. 빨리 흘려보내고 싶었던 때가 있었는데 이제 좀 천천히 갔으면 좋겠다고 생각해도 알아서 지나간다.

한 후배가 사는 게 너무 힘들어 빨리 나이 들고 싶다고 했다. 40~50대가 되면 삶이 더 편해질 것 같단다. 나도 20대 때는 20대의 터널만 지나면 30대에는 경제적인 여유와 함께 편안한 삶을 살 수 있을 거라 생각했다. 젊음이 좋다는 생각보다 빨리 30대가 되고 싶었다.

20대보다 30대에 더 편한 나이가 됐냐고 묻는다면, 글쎄. 꼭 그렇지도 않다. 성인의 권리를 모두 누리고 보니 나이가 찬다고 진짜 어른이 되는 것도 아니었다. 세상에 노력 없이 되는 일이 없다지만 하나 있다. 바로 나이 드는 일. 하지만 나이 들었다고 해서 어른이 되는 것은 아니다. 세월의 속도는 나이와 비례하지만, 인격은 나이에 비례하지 않고 오래 살았다고 해서 세상 살기가 편해지는 것은 아니다. 나이와 살아온 세월이 단순히 숫자에 불과한 사람도 있다.

나이 들수록 나잇값을 해야 하는 부담도 안아야 한다. 결혼은 했는지, 무슨 일을 하는지, 연봉은 얼마나 되는지, 나이에 따라 부과되는 사회적 기대수준이 있다. 나의 지향점과는 상관없이 주어진 나잇값을 하는 일이 벅차기도 하다. 그래도 '격에 맞지 아니하는 아니꼬운 행동'이라는 꼴값보다 나잇값을 하는 게 낫겠다 싶어 노력할 뿐이다. 나이 들수록 타인의 평가보다 나 자신의 속도와 방향에 집중하며 사는 것이 얼마나 중요한지 깨닫고 있다.

가끔 내 나이가 너무 낯설고 어렵다. 정신없이 한참을 뛰었더니 이제는 너무 멀어진 꿈들.

하고 싶었던 일, 하려고 했던 일, 이루지 못한 일, 모든 일에는 때가 있다더니 결국 이만큼이나 멀어졌다. 찾고 싶다, 내 시간.

나이가 들면서 자신이 짊어져야 하는 짐들이 성질은 달라도 무게가 줄어 들진 않는다.

"지금보다 더 편한 나이는 없어. 가끔 편한 순간들은 있겠지."

알아서 지나가지만 절대 다시 돌아오지 않는 시간을 아쉬움과 후회로 남기지 않아야 할 텐데, 앞으로 세월을 좀 더 야무지게 가져가며 살려면 어떻게 채워가야 하는지 나 역시 늘 고민하는 숙제다.

모두 각자의 자리에서 저마다의 무게를 짊어지고 기꺼이 버텨내고 있다. 우리가 앞으로 사는 동안 더 편한 나이는 없겠지만 서로에게 다녀가는 순간만큼은 편한 시간이 되었으면 좋겠다.

이혜진   안녕하세요. 보내주신 원고 잘 읽었어요. 쉽고 편하게 읽을 수 있어서 좋았어요. 일상 속에서 겪는 경험을 바탕으로 사소한 감정들을 느낄 수 있는 게 가장 큰 매력이에요. 그런데 에피소드를 굉장히 세세하게 기억하시더라고요.

조연주   공해서 그래요. 마음속에 모두 담아두고 살아서요. (웃음) 기억력도 좋은 편이지만 지금까지 살면서 일기는 매일 썼어요. 기록이 남아있어서 더욱 세세하게 기억할 수 있는 것 같아요.

이혜진   '감정'에 대한 글은 어떻게 쓰게 되셨어요?

조연주   말씀드렸듯이 일기를 꾸준히 써왔는데요. 제 일기 속에는 대부분 그날 저의 감정이나 생각이 많이 들어가게 되잖아요. 그런 걸 보면서 저는 제가 감정에 굉장히 예민한 사람이라고 생각하면서 살았어요. 그런데 독서모임에서 어떤 남자분이 저에게 삿대질을 하며 '감정 없는 사람'이라고 하는 거예요. 다른 사람들 앞에서 너무 민망하고 화도 났지만 독서모임 자리에 피해를 주고 싶지 않아서 아무 말 하지 않았어요. 그 사람과 눈을 마주치지 않기 위해 눈길을 피하고 일부러 다른 곳만 쳐다보기도 했어요. 참고 있던 눈물이 쏟아질 것 같았거든요. 그날 집에 돌아와서 저에 대해 다시 생각해보기로 했어요. 매일 쓰던 일기를 '감정일기'로 바꿔 쓰기 시작했고, 내 감정을 먼저 알아차리기 위해 노력했어요.

이혜진 그런 일이 있었군요. 그럼 '감정일기'는 어떤 식으로 쓰셨는지 말씀해 주실 수 있어요?

조연주 그전까지는 일상에서 있었던 일을 나열하거나 설명했다면, '감정일기'에서는 있었던 일에 대해 느꼈던 감정을 기록했어요. 매일의 감정이 어땠는지, 그 순간 내 감정을 알아차리고 어떤 행동을 했는지를 썼어요.

이혜진 감정일기를 쓰는 건 정말 좋아요. 쓰는 방법에 매일의 감정이 어떻게 변했는지, 내가 그 감정을 어떻게 해소했는지도 함께 쓰면 더 좋을 것 같아요.

조연주 네. 조금 더 세심하게 써볼게요. 감정일기를 쓴 경험을 바탕으로 감정에 대한 글을 쓰고 싶어서 쓰긴 했는데요. 쓰면서도 고민이 많았어요. 저는 심리학이나 코칭 전공자도 아니고, 상담사 자격증이 있는 사람도 아닌데 감히 '감정'이라는 주제를 내가 써도 될까 하는 생각이 들었거든요. 그래서 심리학 관련 서적과 신문 칼럼을 정말 많이 찾아 읽었어요. 처음에는 그런 내용들을 많이 인용해서 부족한 이론부분을 채워보려고 했는데, 뭔가 부자연스럽더라고요.

이혜진 이론과 인용을 많이 했다면 오히려 매력이 없었을 것 같아요. 전공자들이나 직업으로 상담하시는 분들이 써야하고 쓸 수 있는 글은 그분들이 쓰시면 돼요. 연주님은 평범한 사람들도 공감하며 읽을 수 있는 에세이를 쓰신 거잖아요. 에세이는 자신의 경험을 바탕으로 누구나 쉽고 편하게 읽을 수 있는 게 좋아요. 감정을 얘기하는데 어떤 자격이 있어야 한다고는 생각하지 않아요.

조연주 글을 쓰면서 걱정했던 또 한 가지는 에피소드에 등장하는 사람들이 혹시 이걸 읽는다면 상처 받지 않을까요? 저는 사실 그대로 있었던 일을 쓰긴 했지만 사람에 따라 입장이 다를 수도 있고 누군가 기분 나빠하는 사람이 생길 것 같아요. 특히 독서모임에서 저에게 '감정 없는 사람'이라고 무안을 줬던 분은 나중에 저한테 사과하긴 했거든요. '사과했으면 됐지, 내 얘기를 왜 쓰냐'라고 따질 수도 있고요.

이혜진 내가 겪은 경험과 느낀 감정인데 타인에 대한 이야기가 안 나올 수는 없죠. 그리고 그게 그분의 명예를 훼손하거나 그분에게 큰 피해가 가는 일도 아니고요. 다른 사람들이 상처를 받을까 봐 말하지 못하고 마음속에만 담아두었던 것들을 이제는 말할 수 있는 마음의 힘이 생긴 거예요. 그것 또한 성장했다는 뜻 아닐까요?

조연주 네. 그런 것 같아요.

이혜진   저는 글을 읽고 키워드로 간단히 정리를 해봤어요. 두려움, 쓸쓸함, 폭력, 성장 이런 키워드가 떠올랐어요.

조연주   폭력이요?

이혜진   네. 곳곳에 감정 폭력을 느낀 이야기가 있는데 그런 폭력에 좀 민감한 것 같아요. 그리고 왠지 모르게 두려움과 쓸쓸함이 묻어났어요. 전체적으로 한 사람의 성장 에세이를 읽은 느낌이에요. 이 사람이 앞으로 어떤 일을 겪으며 또 어떤 감정들을 느끼고 살아갈지, 다음 이야기도 기다려졌고요.

조연주   성장한 건지는 잘 모르겠어요. 성장하는 중인 것 같아요. 말씀하신 대로 앞으로 어떤 감정들을 느끼면서 어떻게 성장할지 계속 저를 잘 살피고 돌봐야겠죠. 저는 제가 쓴 글을 다시 읽어보니 승부욕에 대한 이야기가 많더라고요. 너무 많아서 덜어냈는데도 이만큼 남아있는 거 보면 정말 승부욕이 강한가 봐요. 어디선가 읽은 내용인데요. 승부욕 강한 사람이 감정조절 능력이 부족한 경우가 많다고 하던데, 정말 그런가요? 제가 감정조절 능력이 부족해서 승부욕이 강한 건가 싶어서 걱정됐어요.

이혜진   우선 감정조절 능력이 부족한 건 잘못된 게 아니에요. 누구나 부족해요. 끊임없이 들여다보고 관리해야 하는 게 감정이죠. 감정조절을 완벽하게 잘 하는 사람이 있을까요? 그리고 승부욕이 강하면 감정조절 능력이 부족하다고 하는 부분은 모두가 그런 건 아닌 것 같아요. 물론 지나친 승부욕으로 인해 남에게 피해를 준다면 조절이 필요하긴 하죠. 승부욕이 연주님을 성장하게 했고 발전시킨 부분도 있잖아요. 긍정적인 측면도 있다고 생각해요.

조연주 승부욕이 강한 건 무조건 안 좋은 거라는 부정적인 생각 때문에 어떻게든 그 모습을 감춰야 한다고 생각했어요. 이렇게 좋게 말씀해 주시는 분은 처음이에요. (웃음)

이혜진 저는 승부욕에 대한 이야기 재밌게 읽었어요. 오늘 대화 나눠보고 싶은 얘기 있으세요?

조연주 저에 대해서요. 저는 제가 누군지 잘 모르겠어요. 어떤 사람은 저에게 낯가리고 말 없고 다가가기 힘든 사람이라고 하는데, 또 어떤 사람은 세상에서 제가 제일 웃긴대요. 완전히 정반대의 이야기잖아요. 그리고 누군가는 저보고 너무 여리고 따뜻한 사람이라고 하는데, 또 누군가는 찔러도 피 한 방울 안 나올 것처럼 차갑다고 해요. 이런저런 이야기들이 섞이면서 진짜 나는 누굴까 하는 생각이 들었어요. 설마 제가 다중인격인가 싶기도 하고요.

이혜진 내가 어떤 사람인지 알고 싶은 건 당연히 할 수 있는 생각이에요. 그만큼 자신에게 관심이 있다는 뜻이기도 하고요. 누구나 다양한 모습이 있어요. 한 가지 모습으로만 살아갈 수는 없죠. 어떤 상황에 놓였는지 누구와 함께 있는지에 따라 당연히 변할 수 있고요. 혼자 있을 때의 나와 친한 사람들과 있을 때의 나, 공동체에 소속되어 있을 때의 나는 당연히 달라요. 다를 수밖에 없어요. 그 모두가 연주님이에요.

조연주   제가 개인주의라서 단체에 소속되어 뭔가를 함께 해야 할 때 불편함을 느껴요. 사회생활을 잘하는 성격도 아니고요. 돌려서 말해야 할 때도 조용히 직진으로 돌직구를 날려서 미운 털이 박히기도 해요. 사실대로 말하는 건데 왜 이런 반응일까 싶고요. 그리고 말하고 싶지 않을 때는 그냥 가만히 있는데 그걸 화났다고 오해하는 사람이 많더라고요. 다른 사람들이 오해하니까 웃으면서 말하라고 하는데 굳이 꼭 그래야하나 싶어요.

이혜진   사실대로 말하는 건 어쩌면 연주님이 순수해서 그럴지도 몰라요. 눈에 보이는 대로 있는 그대로 말하는 거죠. 사람들은 다른 누군가에게 잘 보이기 위해 사회적인 행동을 해요. 다른 사람들과 모두 잘 지내고 싶어 하고요. 반대로 연주님은 말하기 싫으면 안 하는 건 자신 있는 태도라는 생각도 들어요. 사회적인 행동을 하지 않는 거죠. 굳이 내가 말하고 싶지 않은데 누군가 나를 미워할까 봐, 혹은 안 좋은 사람으로 볼까 봐 억지로 사회적인 행동을 하지 않잖아요. 눈치 보지 않고 사람들에 따라 나를 바꾸지 않고 일관되게 행동하는 거 굉장히 자신감 있다고 느껴지는데요?

조연주   자신감이요? 전혀요. 저는 자존감이나 자신감 둘 다 너무 낮고 없어요.

이혜진   저는 그렇게 느끼지 않았어요. (웃음) 은근히 재밌는 부분도 있고요.

조연주   제가 느끼는 저와 타인이 느끼는 저는 다르겠죠. 또 한 가지 얘기 나눠보고 싶은 사람이 있어요. 저도 왜 그러는지 제 마음을 잘 모르겠는 경우예요.

이혜진   누구 이야기예요?

조연주   사촌 남동생이요. 한 살 어린 동생인데요. 제가 이 동생한테만 말과 표현
이 너무 거칠어요. 원래 거친 언어나 욕, 장난이라도 폭력은 정말 싫어하
거든요. 그런데 이 동생한테는 제가 그래요. 동생도 당연하다는 듯 받아들
이고, 기분 나빠하지 않고 모든 상황을 코미디로 만들어버려요.

이혜진   다른 사람과 대하는 게 많이 다른가요?

조연주   네. 일단 다른 사촌 동생들은 저한테 존댓말을 쓰고 저를 무서워해요. 명
절에 만나도 멀리서 인사만 하고 멀찍이 떨어져 앉아요. 그런데 그 동생은
저를 무서워하지 않아요. 만나자마자 옆에 붙어서 장난치고 괴롭히고, 그
러다 제가 화내면 화내는 모습이 웃긴다고 웃어요. 그럼 저도 웃음이 터져
서 등 짝 한 대 때리고 끝나요. 그 동생과 함께 있으면 제가 왜 그러는지….
말이 계속 거칠어지는데 그걸 서로 말하지 않아도 애정표현이라고 생각해
요. 평소 저답지 않은 모습이 나오는데 왜 그런지 모르겠어요.

이혜진   애정을 갖고 다가오는 존재라서 그런 거 아닐까요? 이미 두 사람 사이는
친근하고 편안함이 느껴지잖아요. 다른 사람에게 대하는 모습과 다른 부
분을 생각해보면 더 확실하게 느낄 수 있을 것 같아요.

조연주 음… 그 동생은 저의 감정을 건드려주는 존재인 것 같아요. 다른 동생들은 멀리서 인사만 하고 저를 어려워해서 말도 잘 섞지 않거든요. 그래서 아무 감정이 없어요. 그런데 그 동생은 만나자마자 옆에 붙어서 앉고, 장난치면서 짜증나게 했다가 저를 웃게 만들기도 하고 어떤 감정이든 제가 느끼는 감정이 밖으로 표출이 돼요. 그게 다른 부분인 것 같아요. 제 감정을 자꾸 건드려서 밖으로 표현하게 되는 거요.

이혜진 감정을 건드려 주는 존재라는 말이 제 마음을 건드리는데요.

조연주 이렇게 얘기하다 보니까 사촌 동생도 참 고마운 존재네요.

이혜진 그렇죠. (웃음) 말씀하시는 거 들어봐도 애정이 느껴져요. 오늘 얘기 나눠 봤는데 어떠셨어요?

조연주 할까 말까 망설였는데 하길 잘 한 것 같아요. 제가 잘 모르고 보지 못했던 부분도 볼 수 있게 됐어요.

이혜진 다양한 감정을 느끼면서 더욱 성장하는 연주님의 다음 이야기도 기대할 게요.

조연주 네. 감사합니다.

감정의 발견

어떠한 감정이 일어날 때, 내면에게 묻는다. 이 감정을 어떻게 받아들이겠냐고. 도망가고 회피할 것인지, 싸워볼 것인지, 없었던 일처럼 덮어버릴 것인지, 일단 그냥 쌓아둘 것인지.

감정은 자연스럽게 생겨나는 것이기에 내가 어찌할 수는 없다. 내 감정인데 내 말도 좀처럼 듣지 않는다. 이랬다저랬다 수시로 변하기도 한다. 감정의 언어는 소통하기 쉽지 않다. 세상에서 가장 소통하기 어려운 것이 자기 자신과의 소통이다. 나를 감싸고 있는 모든 시간과 감정을 묻어둔다고 해도 절대 감정은 죽지 않는다. 언젠가는 뜻밖의 순간에 자신을 드러내고, 갑자기 튀어나오기도 한다.

어떤 감정도 나쁜 감정은 없었다. 분노, 불안, 질투, 외로움, 슬픔처럼 부정적인 감정도 각자의 역할이 있고, 나를 좀 더 이해하는 계기를 마련해주었다. 잘못된 것은 감정 자체가 아니라 그것을 다루는 태도에 있었다.

　사소한 감정에 예민해진 것은 삶이 더 간절해졌기 때문이다. 예전엔 작게 보였던 것이 크게 다가오고 의미를 몰랐던 것에 의미가 생길 때 그게 무엇이든 감동이다. 감정이 '나를 만드는 조각들'이라는 것을 알게 된 후, 나의 우울하고 묵직한 기운을 애써 피하지 않는다. 꾸밈없이 진심으로 받아들이고 맞이한다. 계속 주저앉아 있지 않고 내 감정을 향해 용기 내 뚜벅뚜벅 걸어간다.

　이제는 흔들리거나 헷갈리는 일이 많이 줄어들고 있다. 내가 아픈 줄도 몰랐고 아픈 걸 알았을 땐 아플 만큼 아팠다고 생각했는데, 아직도 한참 남았다는 사실에 좌절했다. 하지만 나는 잘 아팠고, 잘 견뎠다. 앞으로도 그럴 거다.

　내 감정을 건드려준 수많은 사람들, 나를 안전하게 지키려고 차단하고 안전망을 쳐도 밖으로 자꾸 불러내 준 사람들, 감정의 울타리를 깨부수고 뛰쳐나가고 싶게 만든 사람들에게 감사하다.

　덕분에 잔뜩 웅크리고 도망치고 덮어두고 살았던 감정을 꺼내볼 수 있었다.

　나 아닌 것에 휘둘리며 몸과 마음을 함부로 팽개치고 있는 것은 아닌지 한 번쯤 돌아보길.

　누군가에겐 사소하지만 나에겐 소중한 내 감정이니까.

오늘의 외로움과
쓸쓸함을 맞이하며
조연주

사 소 하 지 만
내   감 정
입 니 다

펴낸날 초판 1쇄 2019년 5월 24일

지은이 조연주

펴낸이 강진수
편집팀 김은숙, 이가영
디자인 임수현

인쇄 삼립인쇄㈜

펴낸곳 (주)북스고 | **출판등록** 제2017-000136호 2017년 11월 23일
주소 서울시 중구 퇴계로 253(충무로 5가) 삼오빌딩 705호
전화 (02) 6403-0042 | **팩스** (02) 6499-1053

ⓒ 조연주, 2019

ISBN 979-11-89612-26-9 03810

이 도서의 국립중앙도서관 출판예정도서목록(CIP)은 서지정보유통지원시스템 홈페이지(http://seoji.nl.go.kr)와
국가자료종합목록시스템(http://kolis-net.nl.go.kr)에서 이용하실 수 있습니다. (CIP제어번호 : CIP2019019159)

책 출간을 원하시는 분은 이메일 booksgo@naver.com로 간단한 개요와 취지, 연락처 등을 보내주세요.
Booksgo 는 건강하고 행복한 삶을 위한 가치 있는 콘텐츠를 만듭니다.